逛逛舊書店治頭疼

由國慶 著

博客思出版社

＊別具一格的廣告錢夾

＊卜内門肥田粉海報上的洋裙女子朱唇含笑

＊老商標畫上描繪「五鹿城」故事

＊克力登染料廣告畫上的旗袍美人

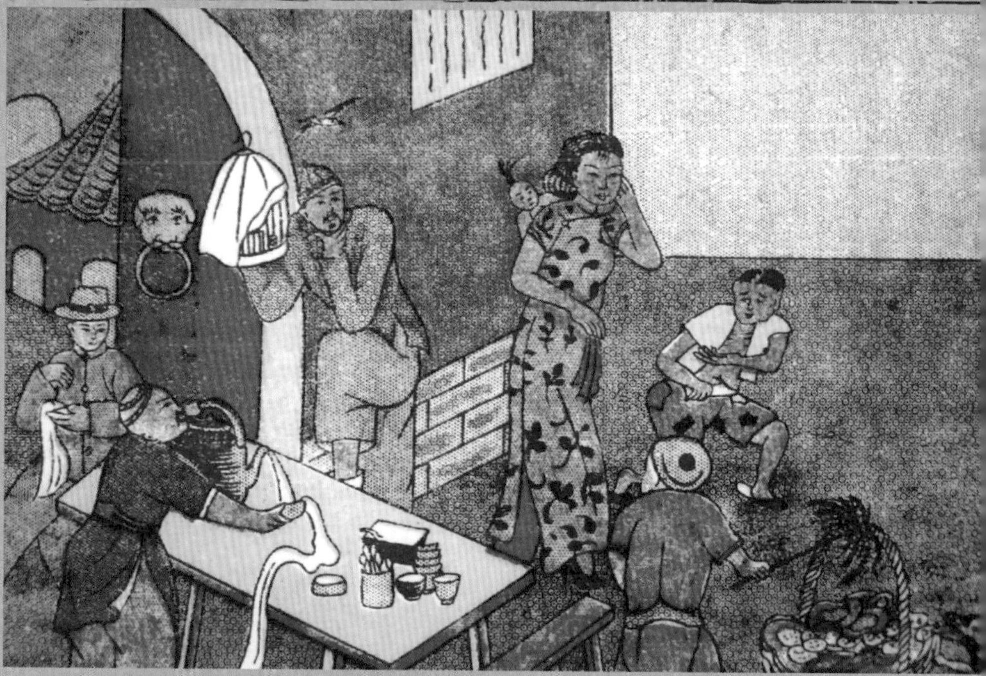

＊民間唱詞畫片《劉二姐栓娃娃》

＊香粉罐上有紅伶

＊老瀋陽印染廠商標上畫著美女賣布料的情景

＊東信祥品牌商標

＊美麗牌絨線廣告

＊紅綠旗袍飾佳人

＊三雞圖品牌商標畫

＊巧借美畫印廣告

＊禮和洋行廣告

天津警察廳化驗註册批准出售

中山第一雙料黑瓜子眼葯

此葯專治少陰腎經虛熱
火旺水虧瞳子散暗黑睛
暴疼夜重晝輕黑星亂飛
等症向晚用知母黃柏煎
水洗眼將葯用指甲掐碎
骨簪蘸涼水點無不神效
每塊紋銀三分不折不扣
言無二價本局開設祁州
南關大街藥王廟南路西
賜顧者認廣新馨發票趙記

* 瓜子眼藥仿單
* 老上海美亞牌紡織品廣告畫面好似時裝秀

* 永安堂版美女與野獸

*字帖與廣告二合一

*廣告摺扇「破鏡重圓」

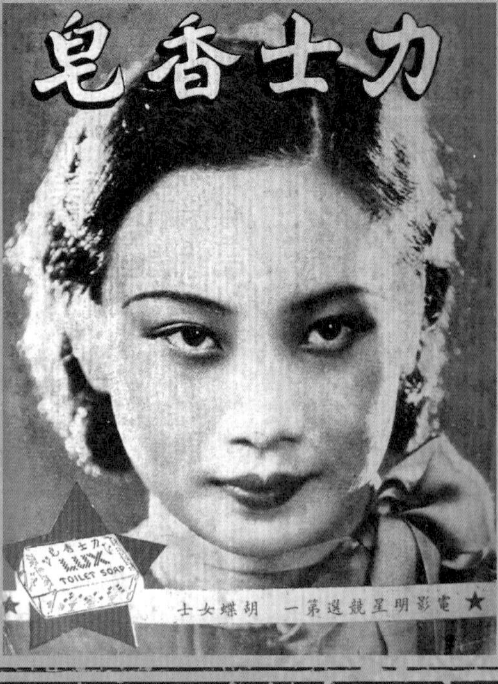

*香皂明星

＊新沙遜洋行商標

＊老上海絲襪廠包裝盒上的秀腿模特

＊安利洋行廣告

*福聚成廣告

*禮卷也具有廣告意味

＊老上海「航空救國」紡織品牌商標畫

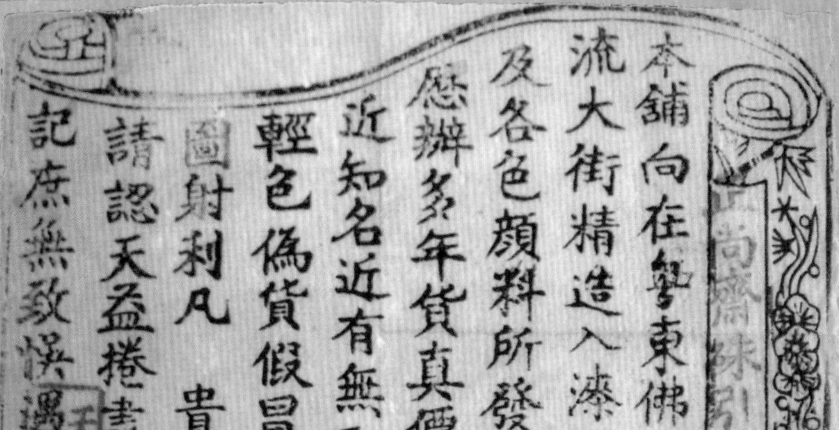

本舖向在粵東佛鎮汾
流大街精造入漆硍硃
及各色顏料所發各省
慇辦多年貨真價實遠
近知名近有無恥之徒
輕色偽貨假冒本號貪
圖射利凡 貴客賜顧
請認天益捲書內票為
記庶無致悞

＊書卷形內票（仿單）彰顯傳統

＊《良友》書影

＊「上洋」派畫家杭穉英所繪月份牌畫《晴雯撕扇》

＊英商在老天津推出的汽水商標

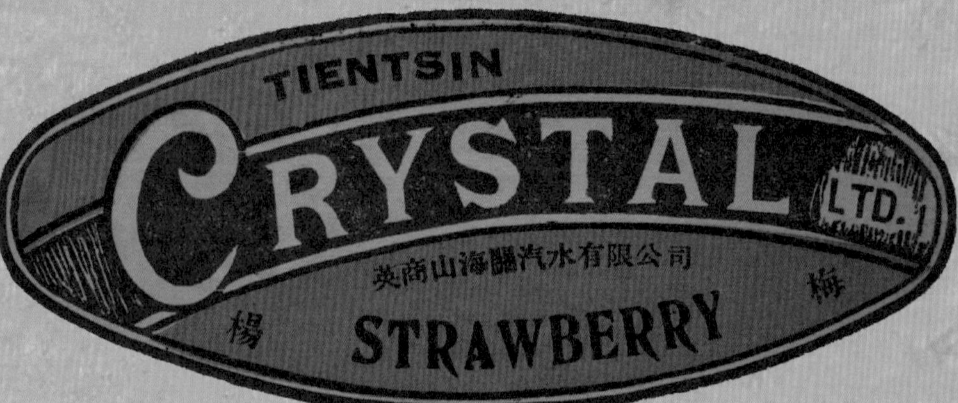

＊五子樂品牌紡織品商標畫

＊以「玉虎」為品牌寓意虎虎有生氣

＊新天津飯店明信片

＊《黛玉葬花》香菸牌子

＊白禮氏蠟燭廣告

＊「蜘蛛美人」風舞襲人

*老商標上畫的女子賽車爭先恐後

*德士古火油貼標

＊衣錦還鄉的狀元郎形象登上紡織品老商標畫

＊世昌洋行老商標

* 老廣告上的影星胡蝶。球美人牌？求美人乎？

* 老刀香菸

* 世昌洋行老商標

＊品茗最雅意

＊范蠡與西施泛舟圖

* 花樣年華

* 舊人賞月多雅趣（香菸牌子）

＊粉紅女郎愛不釋手的尤物

＊鳳祥號廣告冊頁宜文宜商

＊老上海商標上繪雙金錠故事

＊金梅生繪《盈盈一笑》

＊女子拜月圖

＊心靈手巧繡花紅

＊紅蛋有喜

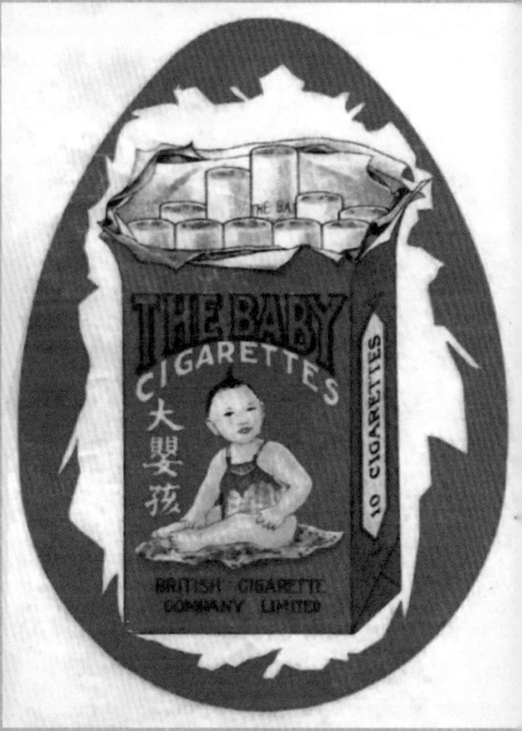

＊二十世紀三零年代的高跟鞋假如放在今天也是摩登的

君必愛此
翠鳥牌香烟
KINGFISHER
Registered Trade Mark
CIGARETTES
此烟氣味清香　裝璜
精美　價值相宜　當
必為君所喜也
英美烟公司總理

＊翠鳥香菸

＊驢美人

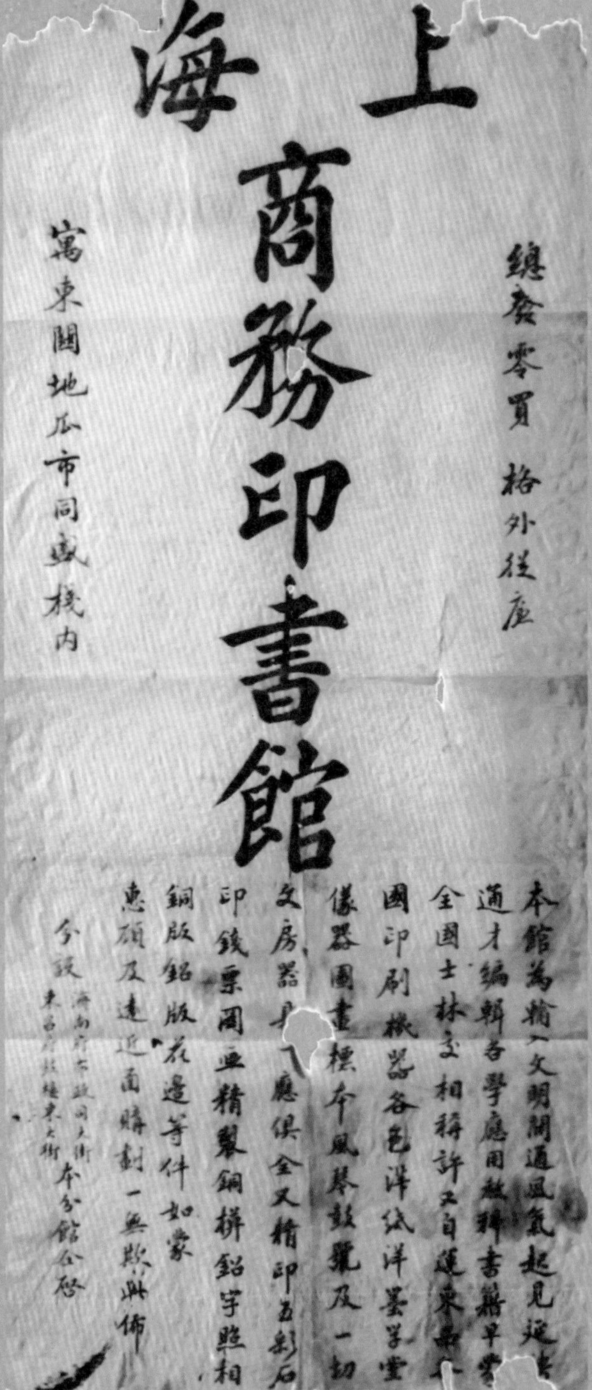
上海
商務印書館
總發零買 格外從廉
寓東關地瓜市同興棧内

＊商務印書館故紙

＊陰丹士林連環畫式廣告

＊姊妹都愛陰丹士林

＊故紙上有老地名故事

＊西湖十景圖香片

*舟山美景入畫來

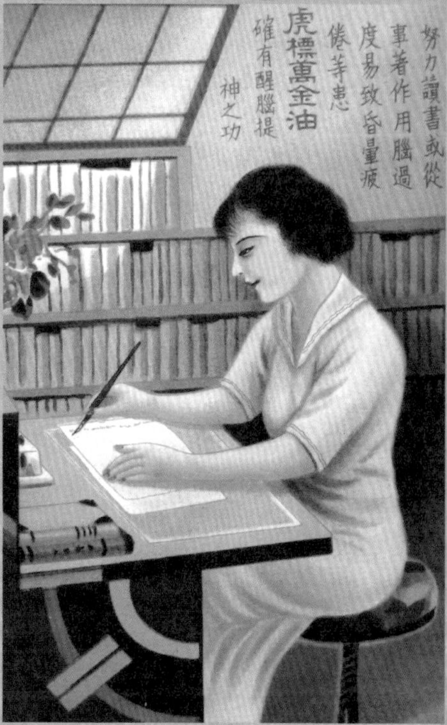
努力讀書或從
事著作用腦過
度易致昏暈疲
倦等患
虎標萬金油
確有醒腦提
神之功

*愛讀書寫作的才女

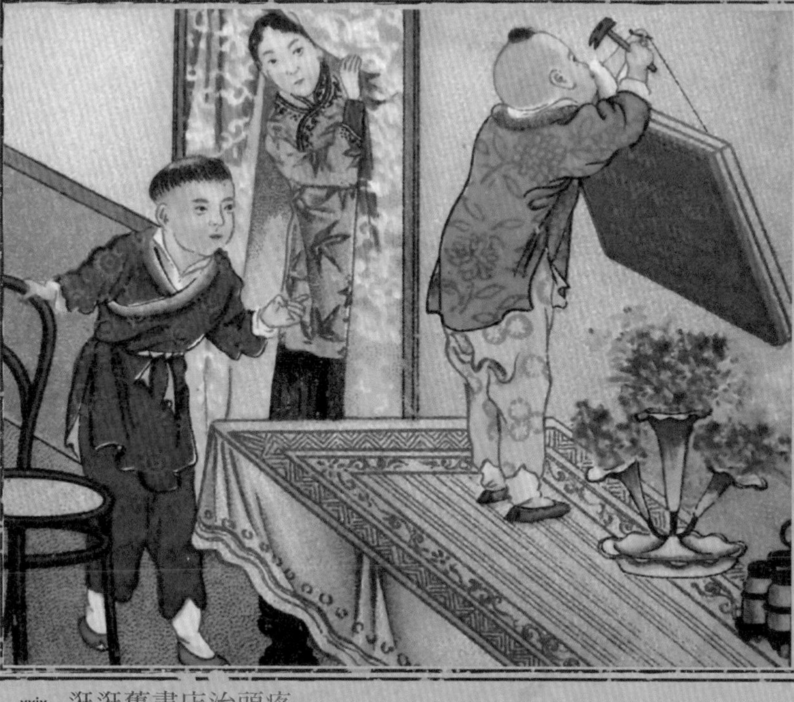

*雙刀牌香煙牌子

＊老萊子品牌商標畫

＊《二十四孝》寄情懷

逛 逛舊書店治頭疼

目錄

推薦序

序：故紙裡的滋味

杜　魚

收藏，雖然不能說是男人專利，但在古往今來的長長收藏家隊伍中，女人終歸是鳳毛麟角。這就出現一個問題，男人為了收藏如醉如癡，家中的女人如何看待和處理呢？在夫權為主體的古代社會，我想這個問題也不成其為問題，但現代則不然了，男女日益平權，夫妻在收藏問題上如果不能志同道合，產生衝突乃勢所必然。

與家中領導正面對抗，這當然是最不明智的選擇。可放棄收藏嗜好，恐怕也是絕大多數藏者所不情願的。隨之而來，就有個收藏策略問題。玩骨董，不但是費銀錢，而且還占地兒，非大力者不敢問津。藏書呢？天長日久氾濫成災，勢必要爭奪生活空間，處理不當後果也很嚴重。吾友由國慶兄，則選擇了一條隱蔽路線——藏故紙。

國慶兄鍾情的故紙，大都是單張或者折頁。其優點就是價格便宜（自然是說當年），而且對空間所須極低，不容易被發現。或者有朝一日敗露，這故紙已成優勢資源。當然，國慶兄的收藏未必真有這樣的經歷，只是我深諳其苦而以己度人。

單純收藏故紙，未必不能成家。但要允為大家，我想必要與賞鑒、研究、撰述扯在一起。國慶兄之故紙收藏，就是明確方向，咬定不放，終於在原本不大被人關注的領域，闖出一條特色收藏之路。對於這些故紙，國慶兄不但當「保管員」，精心整理收存，而且還當上「研究員」，仔細研讀生發，寫出文章，教化大眾。國慶兄在報刊所開專欄之多，在當代天津學人中恐怕無出其右者。雖然學術不能單純以篇數計，但國慶兄之勤劬洵可窺得一斑。國慶兄的很多專欄，隨之又分類增補結集，以此著作也一本接著一本，大有要「等身」之勢。當然，國慶兄身材偏于高大，真要實現「等身」目標，顯然要付出比我等更多的努力。此外，國慶兄還可是說是「宣傳員」。他的研究成果太多，讓人想不關注都難，這些年累積的結果，就是天津書商和藏家，沒有不認識國慶兄的，而原本不太受人待見的各種故紙，價格則不斷地往高處爬（現在近乎是馮跑了），國慶兄使己之所藏不斷升值的同時，也斷掉了早期收藏故紙撿漏的可能。津門故紙價格上揚，雖然不能說是國慶兄個人的責任，但他的貢獻率肯定是最高的。

國慶兄咂摸故紙味道，探詢故紙故事，又通過報刊成批量地兜售給讀者，如此二十多年下來，想不成為專家，真個是難上加難！國慶兄所藏故紙，一般避開檔案、信劄、書畫之類，而是鍾情於廣告、商標、招貼等項，衣食住行，吃喝拉撒，生老病死，像日子一樣近於瑣屑。不過恰是這些邊角碎料，讓瑣屑的日子變得有滋有味，吐露著生活的情趣，記錄著時代的變遷，彰顯著歷史的厚重。國慶兄的收藏，其實非紙也，實乃社會史、生活史、風俗史也。故紙百年滋味長，這厚味中自然也會夾雜著甘苦，對此國慶兄的自我總結是：「撿漏」的竊喜，「打眼」的沮喪，「瞎買」的茫然，「中病」的五味，以及失之交臂的「遺憾」……這可真個是五味雜陳了！

讀著國慶兄五色雜陳的故紙，我覺得自己的日子也似乎更加地有滋味起來！

逛

逛舊書店治頭疼

玉貌花容賣肥粉

第一次收集到早期卜內門肥田粉（化肥）的廣告畫大致是在二十年前，那時海河畔北安橋西沿街還有一溜門市，內中賣些雜七雜八的收藏品，某小屋內掛著兩張卜內門故紙，紅裙美女真勾人。當時還不曉得卜內門公

司詳情，卻想起改革開放之初船來中國的「禾大壯」廣告。饞涎欲滴了，咬咬牙花了一百元買下。故紙至今完整如初，美人光鮮。最近所見另一張卜內門故紙是二零一六年夏天，在一條老街的書屋裡，頓然勾起我與「她」初會的情景。

清光緒二十六年（一九零零），國際化英國卜內門公司在中國上海創設分公司，一九二八年更名卜內門洋城有限公司。卜內門創辦之始就大興廣告戰略，光緒三十一年（一九零四），卜內門請畫家虞俊夫專門繪製了一張月份牌廣告畫，畫面採用傳統中國畫散點透視全景（多景）繪畫形式，描繪出卜內門公司洋城、化肥的產、供、銷、用等一系列細節。在畫面中的碼頭、車站上，卜內門產品運輸裝卸繁忙，公司門前更是人聲鼎沸。遠景是農田，見農夫背挑化肥忙碌不停……此後，卜內門又請大名鼎鼎的金梅生以東方淑女形象為主畫面來繪製廣告。畫面上端寫「請用卜內門肥田粉」字樣，左右對聯廣告語雲：「各種植物均可施用，收成增加獲利優厚。」卜內門曾長期壟斷我國的化肥、純鹼等化工產品的進口業務，觸角遍及我國各地城鄉。

日前再見卜內門故紙自然會不錯眼珠地凝望，心生喜歡。畫的前景是豐收的麥田，遠處是小橋流水人家的江南風景。畫中右側站著一個穿大紅旗袍打著小絹傘的美少婦，她臉上洋溢著甜笑。這分明是吸引觀者的「強力磁鐵」吧。左下角畫著一農夫，他懷抱一袋化肥，具體是什麼呢？廣告下方大字言明：「請用卜內門硫酸錏肥料。」這其中的「錏」字是化學元素「銨」的舊譯，硫酸銨又名硫銨，是一種優良氮肥原料，俗稱肥田粉。

另一張肥田粉廣告也有看點。明黃色的海報上畫著打開的窗櫺，窗外風景如畫，青山碧水小河彎彎，村落依稀。一處院牆上寫著「請用卜內門肥田粉」大字廣告，類似的戶外牆壁廣告也是清末民初以來洋商在中國城鄉最常用的宣傳手段。再看河中正劃來一條船，船上載著兩袋卜內門化肥。船要駁岸麼？近景岸上是金色良田，農民忙著收割，遠處還有片片綠油油的莊稼地。視線回到窗前，紅衣美女亭亭玉立，手托香腮望著窗外，若有所思的樣子。窗櫺四周的明黃底上寫有「卜內門肥田粉——各種植物均可施用」等廣告語，上邊左右畫著卜內門「峨眉月」商標（簡稱月牌），下邊左右畫著化肥袋，與窗外各處廣告看點形成緊密呼應。

按說賣化肥與美女沒啥關係，且看一九三一年六月六日的《民國日報》刊載的一則小事挺有趣：說有個自命為廣告學者的人，他辦了一家廣告設計顧問社，別人請他去「顧問」一下，他的指導建議很獨特，他說，廣告之效力在於觸目，廣告用女人，最易觸。如此，也在我見過的又一張卜內門海報中找到了端倪。畫中同樣畫著大姑娘，她身後是一派農忙收穫場景，姑娘抱著簸箕收回家人剛剛打下的糧食。關鍵看右上方的廣告語：「月牌肥粉人人愛，玉貌花容滴滴嬌。」這一觸，便讓觀者「大開眼界」了。

天下之寶無窮盡，搜羅，猶如大海撈針，朝花夕拾，能獲心儀故紙且有心得並與讀者分享，當是美好的緣。

虎口奪食

在舊書市與一弟兄認識數年，可一直不知他尊姓大名，只曉得無論店主、攤販，還是相熟的顧客，都經常稱其「小虎」的綽號。他三十多歲的樣子，每天邋裡邋遢，蓬頭垢面，朦朧睡眼間有時還掛著眼屎。這也難怪，小虎起早貪黑跑廢品站翻舊書堆、撿破爛紙，要說真難得利索起來。後來，他開了一間小門市賣舊書，同時另尋門路與幾家書畫社團掛上了鉤，不斷成批收來被淘汰下來的五花八門的書畫作品。在小虎的店裡，亂七八糟的「作品」虛堆如山，等他一點點過手，也待買家披沙淘金。總之，小虎從中發了點小財。

其實，我與小虎雖是打頭碰臉常見面，但從他手上沒買過太多的故紙，一是覺得他店裡雜亂無章，找點東西太費神；二是「惹不起」小虎的「壓寨夫人」，那女子守家守得可謂滴水不漏。不知小虎從哪追來的這外鄉小媳婦，年輕貌美，三圍有型，很多人都說他豔福不淺。日常，她坐鎮店中，很是精明，小虎早請示晚彙報，俯首貼耳。更不必說，人家賣貨絕少有賣漏的時候，比如，我偶爾看上個什麼，小虎報價時總是老樣子——猶豫不決，開口前先問媳婦，「這個，咱賣給大哥要多少錢？」

大致是三四年前的一天，我從小虎的小店門前路過，他叫我，說有個好玩意給我瞧瞧。進屋，小虎神神秘秘地掏出一個錢夾給我看，我說：「你小子撿錢包了？」這錢夾是用較厚的牛皮紙疊制的，很老氣，乍看上去烏烏塗塗的，有點像小虎的面容。有意思的是，老錢夾的裡裡外外皆為早年綢緞莊的廣告圖畫與文字，其形制當屬鮮見。這些年，我見到過一些附加廣告的扇子、瓷碗、煙缸、餐刀等，沒想到今天又開眼了。我心裡有數，小虎倆口子是有備招徠，要價不會太低。見那小媳婦也在一旁，我朝小虎開玩笑說：「怎的，小倆口『磨好刀』等我呢？可想好了價錢，別回頭我買走了，你要跪搓板。」小虎眯著小眼睛嘿嘿直樂，拍著胸脯對我說：「大哥，瞧你說的。這錢夾就是專門給你留的，絕對不多要錢。」

我拿過錢夾研究一番後，很喜歡，於是索性讓小虎媳婦直接開價。「這錢夾別看個不大，可我家小虎踅摸來可不容易啦。我看呀，您怎麼也得給這個數……」多少？隨著嗲嗲的話音，她伸出了白嫩嫩的手，五指張開。聞此，我並未感到特別驚訝，轉頭照舊與小虎笑侃：「得了，你倆乾脆來個美人計把我的錢包直接拿走吧。」說歸說玩笑歸玩笑，來來回回磨嘴皮扯了近半個小時才談妥價錢，最後以五分之二的價錢如願將那錢夾揣到自己兜裡。我好賽「虎口奪食」。

花了錢，我想要研究明白，需一點點解讀它。的確，我沒看走眼，這老錢夾裡有門道可說。蘇杭絲綢素具名氣，蘇杭商人當然眷顧津沽大碼頭的市場，總號位於杭州的美昌綢緞莊、源昌綢緞莊大致在二十世紀二十年代就已在津開辦了分號。天津美昌號位於估衣街歸賈胡同口，源昌號址在北門東獅子胡同口，兩家買賣本屬一個東家，連鎖經營，更易推銷。若想在津城同業市場迅速佔有一席之地，除了商品品質、經營服務過硬外，廣告宣傳之道也是重中之重。天津的大綢緞莊都是善做廣告的高手，各類宣傳鋪天蓋地花樣繁多，自家廣告如何能別具匠心引人注目呢？確需商家花一番心思，如此也就誕生了這內外印滿廣告的錢夾。

「英雄」與「美人」

兩年前深春的一天閒逛鼓樓舊物市場，記得有個熟悉的賣家遠遠招呼我，我走近問：「有新東西？」他笑答：「沒嘛，你隨便翻翻吧。」這陣兒，太陽照得我有點熱了，便有心無心地快速翻看著地攤上他那三四本冊子。內中舊紙品五花八門雜亂無章，一點都不爽眼。忽然，有一英雄雕像的畫面跳躍在眼前。我暗暗尋思，這些冊子在以往曾翻看過多次，難道我忽略了如此「英雄」麼？

據故紙上的文字獲知，此乃二十世紀二三十年代駐華洋商大英顏料（染料）公司的英雄牌顏料商標圖，小畫上是位充滿力與美的半裸男子，他一手高擎熊熊燃燒的火炬，一手搭在身旁金色雄獅的背上。雕像宏偉，具有歐洲古典藝術特色。大英公司在商標上稱：「克力登顏料頂上鮮豔，曬暴洗滌不變不褪。」

克力登（Caledon dye）是一種英國制的蒽醌還原染料名，產品中特別以分散藍（FBL）著稱，具有良好的染色和應用性能，類似中國消費者熟知的「陰丹士林」染料。克力登藍色染料曾在中國市場有一定的銷路，比如學者趙錫驊在《江姐在四川大學》一文中表述：「個人生活上，江姐十分樸實勤儉……就是穿這些樸素的普通布料衣服，她還嫌貴呢。有一次，她和小董去買原白布來自己染色，一段染成蘋果綠，一段染成克力登，各自做了兩件新旗袍。」

如今發現的這張克力登「英雄」商標雖然不大，但所選紙張較厚，背面依稀可見漿糊痕跡，分明是從老舊顏料罐上揭下來的，能有這九成的好品相，可以想像當時它一定遇到了某個細心人。

無巧不成書。二零一六年初夏的某個週末，朋友老馬在海河邊舊書市上給我帶來一張漂亮的美人圖月份牌畫，所廣告的正是克力登染料與染色布。畫四開大小，上下的細鐵條還比較完好，讓整幅畫顯得挺括。暫不聊美人，先說廣告本體。畫上方醒目可見「克力登・英雄牌」六個紅色大字，三字中間正是那個高擎火炬的英雄圖，此乃克力登的商標。畫面兩邊的灰色豎條上是白色立體字：「克力登染色布，各種衣服均極相宜；克力登染色布，洗滌暴曬永不褪色。」這兩句廣告語與下端的廠商資訊形成呼應，資訊顯示，當時克力登染料由英商卜內門洋城公司總代理，卜內門公司的地址在上海四川路。除了上海總行，其分行開設哈爾濱、大連、天津、煙臺、青島、濟南、重慶、蕪湖、漢口、福州、廈門、汕頭、香港、廣州等地，可謂遍及南北東西，足見英商的拓展的實力。資訊條兩側又重複設置著英雄圖商標，與頂端正中的商標形成三位一體的廣告強化作用。

乾巴巴的宣傳當然抵不過美人的吸引力。畫中人出自名畫家周柏生之筆，栩栩如生。她留著當時最摩登的波浪發，粉面嫣然，柳葉眉，櫻桃朱唇，顯露著江南最標緻的溫柔氣息。且看他站在花園裡，左手輕輕攬下一枝桃花撫在臉頰，含情脈脈，如此勾畫出活生生的人面桃花相映紅的情狀。畫家筆墨也好，紙上美人也罷，必定是要為商品服務的：看那旗袍，經典的深藍色旗袍，高立領，鑲白邊，珊瑚紅珠紐扣與嬌顏與桃花相映成趣。說到底，這一切在深藍色的襯托下顯得更具有東方美韻。色彩源何？克力登。

閒逛發現「五鹿城」

二零一五年四月十日，天氣預報說有雨，果然次日早晨陰沉沉的如同睜不開眼。還需抓緊時間到舊書店、舊書攤逛逛，以免雨來人散場。遛地攤，我喜歡朝下觀瞧，像是拾荒人。如此時間長了，對一些賣家常攤在地上的某些冊子、夾子等也就熟悉了……忽地，一本乾淨整齊的冊子在我眼前亮了一下，對頁兩張漂亮的老商標花花綠綠地展示著，有些金色油彩所印的線條、圖案還閃著星星光芒。這，足以讓我動心。

我並沒馬上去動那冊子，抬頭問攤主：「您是天津本地人？我常來，怎麼沒見過這本冊子？」「是呀，哥們兒。」賣家年屆六旬的樣子，他說總來此擺賣，冊子是最近整理出來的。「要不我看著眼生呢。」我笑著說。仔細翻了翻，我在七八張老商標畫中相中了四張，且品相都很棒。當然，攤主開價較高，但還算在行情範圍內。為了省點錢，只好四選三，可幾經劃價仍超出我的心理底線，雙方差距在百元左右。此刻，我靈機一動對他說：「這樣吧，我也調劑調劑品種，用隨身帶著的故紙和你交換交換，再給你些現金，怎樣？」看得出來賣家還比較高興，我於是從包裡取出藏冊讓他隨便挑選點複品，當然，也沒必要苛求是否嚴格等值了。就這樣，我如願收穫二十世紀三四十年代的山東幾家紡織染廠的三張老商標畫：五鹿牌、鹿鶴牌（鹿與鶴立于松樹下吉祥圖）、三星牌（福祿壽三星高照圖）。

這其中的五鹿牌商標畫最引起我的興趣。它是早年濰縣（今濰坊）一家名叫利元湧的棉布莊的品牌。畫中並無一般想像中的五隻鹿，細端祥，畫中人一長一少，少者翠色錦衣打扮，正捧著一碗飯食遞給面前的長者。遠景有一座城，門額上書「五鹿」二字。五鹿城在哪？城門前的老少又是何許人呢？

回家伏案仔細考辨，眼前這靚麗的圖畫竟一下將我帶到了久遠的春秋時代。畫中人乃國君晉文公（重耳）與名臣介子推，正是他們演繹了「乞食五鹿」與「割股奉君」的歷史傳說故事。關於五鹿城的準確位置，近年來學界、民間多有說法，河北、河南、山東各省，尤其是三省相接壤的各地，在挖掘歷史文化底蘊的同時似乎也各有依據，哪一方都樂於通過「春秋名城」為今天來自我加分。我查閱諸多資料獲知，五鹿城的座標大致有位於河北省大名縣舊城東南方向之說；有依此方向向北延伸至山東省冠縣、莘縣一說；還有位於河南省南樂縣韓張鎮（以五樓村為中心）之說，莫衷一是。

舊年山東棉紡織品的商標畫是故紙收藏的重要品類之一。以濰縣、昌邑為中心的山東傳統手工紡織業歷史悠久，小布、丈五弦子、三丈弦子等土布物美價廉，在民間素有良好口碑。清末民初，西洋先進紡織技術引進濰縣，織造改良之風促進了當地行業的進一步發展，濰縣也成為遠近聞名的棉紡織品產銷集散地。在濰縣織布業的盛期，年總產量曾高達六七百萬匹，據《濰縣誌稿》中的統計資料顯示，一九三一年僅由火車站運出的布匹就折合三千六百噸，遠銷山西、陝西、甘肅、內蒙、河南、安徽、江西、四川等地。如此，圖文並茂的各樣商標畫也隨之流播四方，此次淘到的這張五鹿牌商標畫便是其中的佳作之一。

時下網路資訊發達，收藏網、舊書網之類的交易平臺讓各種藏品的價格變得很透明。有時逛書攤淘回東西，上網一查，若高過均價，心頭也許不爽；若低於行情，當然會竊喜一番。對於「五鹿」，我在網上草草流覽一番，暫時還未發現它的蹤影。說到底，收穫自己喜歡的藏品才是最大的快樂，至於一時之價錢，還是隨遇而安的好。

又見「劉二姐」

二零一六年夏，我在舊書店裡見到一冊小薄本，內刊二十世紀三十年代文明小曲《劉二姐拴娃娃》唱詞，由老北京崇文門外打磨廠（東口內路南）寶文堂同記書鋪印行。問價，攤主伸出仨手指頭，千啊，我不禁倒吸口涼氣。攤前冷清，我還是先翻看翻看再說吧……

民間傳說人物劉二姐婚後為求子到娘娘宮拴娃娃的故事廣泛流行於二十世紀二三十年代以天津為核心的北方地區，其傳播廣泛涉及天津時調、京韻大鼓、梅花大鼓、滑稽大鼓、單弦、北京琴書、河南墜子、二人轉、相聲、民間小曲、民間繪畫等藝術形式，特別為人喜聞樂見。

說起來，我與「劉二姐」的情緣頗深，早在二零零一年冬，我就在北京琉璃廠淘到一張《劉二姐拴娃娃》彩色石印畫片，是二十世紀三十年代天津鼓樓北毓順成芳記印製的。這張故紙讓我如獲至寶。我一直從事民俗文化研究，對婚育習俗、拴娃娃民風多有興趣，得此美畫後更加深了對劉二姐拴娃娃及相關人文的關注，緊鑼密鼓搜羅資料、梳理研究，一年多後寫出了二萬多字的文稿，並在學術會議上進行過交流，受到好評。

此次，在書攤上見到這唱詞小冊子確令我眼前一亮，由於和攤主是老交情，人家特別允許我記錄下了其中的一些內容。小曲開篇唱：「劉家的小二姐悶坐在繡樓，手托著香腮一陣好發愁。過了門六個月半年將算夠，夫妻和美度春秋。常言道草為留根，人為留後，人老無兒陣陣憂。四月裡，開廟十五十六，娘娘殿內香火收，何不我今天走一走，明著去逛廟，暗著我把娃娃偷……」二姐出門前精心梳洗打扮，她「上身穿青洋縐改良去瘦，下配中衣藍串綢，上海式的坤鞋又尖又瘦，緊緊繃繃正正周周。腰系汗巾白洋縐，又把粉紅花來繡，上繡獅子滾繡球。銅圓帶了六吊六百六，大塊洋錢皮包裡收。打扮多時將要走，拿過來白手絹蓿砂豆蔻包兒裡兜……」民間故事中都說劉二姐俊俏摩登，此唱本中也不例外，且看：「二姐她走起道來好似風擺柳，扭兒捏捏兒扭，扭扭捏捏，透著風流倒把人的魄魂勾……」劉二姐在娘娘宮拴了娃娃，高高興興把家還，回到家她對「孩兒」說：「你要抽洋煙捲，媽媽管你個夠，長城政府墩台人頂球（注：皆為當時的香煙品牌）。咱家民地有六十六頃六畝六，還有小驢大蟒牛，誰都知道咱們家的銀錢厚，銀行當鋪首飾樓。天短話長一時難說夠，喜只喜我的兒三更半夜快把胎投，劉二姐拴娃娃當著面把臉露，願只願連生貴子輩輩封侯。」

時隔不久，朋友老馬又為我捎來一張對開大的老年畫，名叫《劉二姐逛廟》。畫中二姐燙著波浪髮，穿著可身的酒紅色旗袍，腳蹬高跟鞋。見那鞋旗袍高開衩，側露內裡襯褲，小褲藍底白花過膝蓋，襯得小腿更顯白皙。她打著花陽傘，身後還跟著個穿洋群的女僕。有趣的是，二姐沒像常見圖畫中那樣抱個從娘娘宮拴來的泥娃娃，而是由女僕領著個小兒郎。嘿，畫面有意趣，看來娘娘顯聖，二姐已如願得子了。畫中繪她們三人走在街邊，正路過益德堂膏藥鋪的攤子，本來一患者扶在凳上正準備貼膏藥治腰疼，結果掌櫃的一貼膏藥竟貼到患者的腦門上。緣何？二姐款款而來，婀娜勾魂，路人都早已看直眼啦。

紅伶玉照惹官司

怎麼又是她？去年五月初，當我在舊貨攤上見到一個畫著美女倩影的香粉盒時，心中雖有竊喜，但並未作聲，因為還不敢貿然斷定畫中人是不是那「似曾相識」的奇女子。

它是二十世紀二三十年代的香粉盒，名叫秋月牌，是上海中國兄弟工業社監製的美妝妙品。揭開蓋子，暗香殘留，細見盒底還有些許白色粉末。大紅色的罐體正中是美人圖，橢圓相框左右佈滿了月季花飾與英文標示。金亮底色中的她面若桃花，薄衫水粉，煞是嫵媚可人。值得注意的是，女子烏髮與額頭上的珠串很有特點，讓我一下子聯想到二十世紀二三十年代曾攪動娛樂界、工商界、司法界的名伶——呂美玉。

其實，這個粉盒不過是當時的一款跟風趕時髦的包裝罷了，而那風頭緣何而起呢？這便要說到「有美皆備，無麗不臻」的美麗牌香煙。一九二五年，美麗牌香煙在上海華成煙草公司誕生，隨著它的破殼，有位楚楚動人的名伶也風靡大江南北了，她不僅引發了煙草商之間的競爭，還牽出了中國商業廣告肖像權的第一案。

俗話說，馬不吃夜草不肥，人不得外財不富，這機會在一九二四年的時候讓浙江鎮海的戴家姨太太趕上了。傳說，馬會彩票的萬元大獎被她獨中。本來她的夫君戴耕莘早就有經營鐵行的資金積累，再加上這筆飛來橫財，真可謂肥上添膘了。戴耕莘一舉盤下上海華成煙草公司，出任董事長。華成公司的新廠建成後，計畫推出新品香煙，決意與「煙老大」英美煙公司競爭。

精明的商人都明白老話「貨賣一張皮」的道理。當時，商業美術畫家謝之光以構思奇巧、出手神速蜚聲滬上。戴耕莘看中了謝之光的妙筆，重金禮聘，請謝之光擔綱新產品的包裝設計工作。其實，謝之光對美麗牌香煙包裝的設計多少有些偶然得之的感覺。一天晚上，吃罷飯的謝之光隨手閑翻畫報，見上面有一幀漂亮的名伶照片，靈機一動便以她為模特畫起了圖樣。幾經潤色，再加上粉紅的底色和淡藍色的花邊襯托，那設計稿顯得高雅別致，「美麗」的名字也順勢而生了。

畫報中的女星是誰?京劇紅伶呂美玉。照片是她演出京劇時裝戲《失足恨》時的半身劇照。

呂美玉（澹如）出生在天津的一個梨園世家，她的父親呂月樵擅演京劇老生而聞名。呂美玉是家中的長女，自幼飽受薰陶，才藝聰靈，招人喜愛。舞臺上的她膚如凝脂，美目盼兮，嗓音寬亮甜美，扮相也是端莊華貴。呂美雲在《失足恨》中扮演的女主人公尚寶琳，因癡情失足，釀成終生遺恨。該劇轟動一時。

話說回來，謝之光的設計正合戴耕莘心意。戴耕莘不僅是戲迷，還算得上名票，對呂美玉自然甚是青睞。當他看到美麗牌香煙的審訂畫稿時，一眼便認出畫中人，望著美人那惟妙惟肖的神情，戴老闆不禁連連叫好。戴耕莘欣喜異常，拍板定案，同時提議再找幾張呂美玉的劇照，畫製成香煙牌、月份牌廣告等，一起面市。不久，印有呂美玉圖照的廣告、招貼、煙標、煙畫統統製作完畢，只待揭幕了。

一九二五年三月，美麗牌香煙隆重上市。它選用上等煙絲，配方悉心，價格公道，最重要的是呂美玉的閃亮登場，為華成公司帶來了超乎預料的人氣。美麗牌香煙上市幾天就被搶購一空。一品牌，一紅伶，贏得了好彩頭。

呂美玉也順風順水地完成了由京劇演員向商業明星的華麗轉身。這時，呂美玉的夫君魏榮廷點醒了「夢中」之妻。魏榮廷熟知法律，他告訴呂美玉，若按西方法律，華成公司的行為屬於未經本人同意而濫用肖像進行廣告宣傳的侵權行為。

一九二七年中期，魏榮廷、呂美玉夫婦將華成公司告上法庭，要求美麗牌香煙停止使用呂美玉的照片，並需支付巨額賠償。

這時，美麗牌香煙已是暢銷全國的名品，若改換商標必定會面臨巨大損失。華成公司一再斡旋，最終與呂美玉達成了庭外和解共識，除了支付呂美玉的賠償外，還訂立了另一份協議：今後華成公司每售一箱（五萬支）美麗牌香煙需付給呂美玉大洋五角的「商標租費」，按月結算。那時的每擔大米（一百五十斤左右）市價約四元，這五角提成之高額可以說是空前的。香煙的巨大銷量讓呂美玉一夜暴富，她也從此告別舞臺……

歷史與收藏的老故事就是這樣，說起來常常會令人津津樂道。

貼心的「安全美女」

近日在舊書市遇到一個女攤主，她早年在「三宮」擺攤時，我常買她的東西，後來轉往瀋陽道，我們偶有來往。她賣東西要價向來比行情高一截，所以近來我對其攤子少有關注了。此次在她這見到一張美女圖，是二十世紀二三十年代瀋陽立泰恒信記機器染廠的紡織品廣告商標畫。

此商標畫款式比較新穎，是半圓形的。畫中兩美貌女子像是豪華商場裡的推銷員，其中一人燙髮戴髮夾，身穿粉紅色工裝式連衣裙，雙手正拿起一匹深藍色布，微笑著面對顧客；另一女子梳兩條髮辮，身穿淡藍色半袖衫，外套卡其色背帶裙，顯得青春靚麗，她一手撫著那深藍布，另一隻手指向商品，向顧客介紹著……她倆身後的貨架上還陳列著許多五彩繽紛的綢緞布匹，整體情景生動。

經典的擦筆水彩畫技法讓畫中美女人物精緻、有神。那麼，擦筆水彩何以在我國商業美術界流行開來的呢？

話說近代以來，西洋美術在上海勃興並迅速產生影響，民國初年，海派畫家鄭

曼陀開創了擦筆水彩畫技法，一鳴驚人。鄭曼陀將傳統國畫人物技法與西畫水彩技法相互融合，採用線條描繪再加炭精條勾畫，突破了長久以來民間年畫泥古的工筆單線平塗的表現手法。擦筆水彩畫以「因物象形，隨類賦彩」為理念，中西合璧，造型準確，立體生動，在此基礎上又層層施色。與此同時，隨著十裡洋場商業廣告的需求，月份牌廣告畫出現了，擦筆水彩成為月份牌畫的創新畫法，備受各界歡迎。

商業廣告的方興未艾催生了多位海派實用美術畫家的誕生，如杭穉英、謝之光、金梅生、胡伯翔、金雪塵、李慕白等高手。尤其是杭穉英進一步將擦筆水彩發揚光大，他博採眾長，提升技法，改進工具等，形成了自家獨特技藝。他及工作室繪製的美女人物日趨完美，光潤精妙，柔美天香，綺麗悅目，甚至引領著中國都市時尚潮流，成為水彩畫在我國被改良被再造的成功範例。

在如今的收藏市場，故紙只要一沾「美女」元素，大多會成為亮點，成為搶手貨，行價自不必說，一張紙片的價錢往往超過常見的民國老版本書籍。在我看來很多美女題材老廣告老商標的「含金量」頗高，拋開這一因素，僅就畫面表徵來說，的的確確可謂一眼叫座。再有，愛美愛香豔，人之本能心理也。

我手邊有不少故紙藏品的畫面內容無疑脫胎於早年的海派時裝美女月份牌廣告畫，也許會有人問，緣何月份牌畫中的香豔女子特別多，當時僅僅是為了博人眼球麼？眾所周知，煙草商是民國廣告經濟的重要支撐。常人理念中的美女多是賢慧、靚麗、柔婉、陽光的，總會予人好感。尤其是「香豔」與「香煙」在一些方言中諧音或同音，更易使人產生聯想。美人柔，煙亦柔，美妙想像與商品褒獎合體劃一，廣告創意重在討巧。第二，煙草消費以男子居多，而江山美人、君子好逑自古有之。另外，以十里洋場為核心的新生活開放觀也為美人廣告提供了發展與傳播空間。第四，民間還有一種說法，侵華日軍為麻痺轉移中國民眾的抗日熱情，對類似題材的流行也起到推波助瀾的作用。

今天有緣遇到了「瀋陽美女推銷員」，攤主開價不便宜，我一劃再劃，將這「她倆」攬入懷中。交了錢，立刻將畫片外套著的滿是塵土的塑膠袋扯下，一還故紙本來的靚麗。

晚上閒暇，我常捧著自己的美人圖收藏冊愛不釋手，也難免惹來夫人「醋意」頓生。那晚，我將新淘到的「推銷員」與各色故紙藏品一起拿給夫人欣賞。她問我最喜歡哪張，我指了指幾張美女圖，她淺笑嫣然著說：「說到底還是『紙上美女』最貼你心吧?它們漂亮惹人，但很『安全』，咱就叫它們『安全美女』得了。」聞此，我哈哈大笑起來。

「美麗」引出絨線故事

早些年舊書價錢還不算高的時候，我在東門外水閣古物市場花三五元錢買到過幾冊「特女人」的小書，如二十世紀三四十年代的《秋萍毛線刺繡編結法》《培英絲毛線編結法》等，當時主要是喜歡內中的廣告插畫。後來，無獨有偶收集到一張美麗牌絨線的老廣告畫，如今關聯起來審視，倒也能管窺昔時女子消閒生活的點滴細節。

對中國人來說，現代意義上的絨線、毛衫亦如西裝、高跟鞋，是地地道道的舶來品，直到清末年，國人還沒有穿毛衣、打毛線的概念。近代以來，隨著沿海多個城市開埠通商，洋貨大舉湧入，這其中也包括從德意志等國進口的毛線，而上海等地也最先接納了這一「潮頭」。當時，毛線（woolen）被國人俗稱為「毛冷」，上海有幾家洋廣雜貨店開始少量代售，其顏色有大紅、桃紅、黃、白、黑等，女人們購買經簡單編結多用於束髮美髮。光緒末年，位於鬧市的金源茂、隆興昌、張源盛、同福康等幾家毛冷店算是比較知名了。

據《上海毛麻紡織品工業志・大事記》載：一九零七年三月，鄭孝胥等人在上海日暉港籌備開設占地八十五畝的日輝織呢工廠，該廠擁有粗紡錠一千七百五十枚，毛織機四十四台，以及全套的染整設備。此乃滬市首家毛紡織廠。到了一九一八年前後，上海天主教會新普育堂創辦的錦華襪廠開始用四股絨線編結毛絨衫，成為當地羊毛衫行業的發端。

一九三四年前後，英商博得運公司毛線廠在上海楊樹浦設立分廠，生產蜂房牌毛線、學士牌粗絨、三蜂牌細絨、飛機牌針織絨等，銷售數量大，市場覆蓋面廣。同一時期，國人開設的上海毛絨廠與外商展開競爭，所產皇后牌細絨質優價廉，逐漸贏得了聲譽，改變了洋貨壟斷的局面。

買毛線織毛衣是新生事物，常人對編結技法十分陌生，亟需普及。進入二十世紀三十年代，毛線編結培訓班出現，技法書籍開始出版，秋萍編結學校、良友編結社等就是一例。秋萍學校由馮秋萍創辦，她自小擅長女紅與美術，中學畢業後擔任過小學美術、刺繡、縫紉教員。一九三四年，有鑒於生活時尚潮流湧動，馮秋萍開始開班招生傳授藝技。其實，馮秋萍的主旨更在於「為社會增加新事業，為我女界辟一新出路，直接輔助家庭之生產，間接增進國家之經濟，一洗女子依賴之惡習。」學校還連續推出《秋萍毛線刺繡編結法》等實用書籍，書中大量介紹編結花樣的同時還插入圖片，讓讀者一目了然。該書深得各界重視，社會名流虞和德、林康侯、嚴獨鶴、潘公展等人曾為之題詞。

這裡還要說到黃培英，她曾先後應聘于上海麗華公司、榮華絨線廠、安樂絨線廠等企業，為市民講授毛線編結技法。一九二八年，黃培英開辦了培英編結傳習所。當時，正值恒源祥牌毛線（一九二七年創辦，時稱恒源祥公記絨線號）異軍突起，所產的小囡牌、雙貓牌毛線質優價廉，暢銷市場。一九三三年，恒源祥出資出版了黃培英編寫的《培英絲毛線編結法》一書，發行量高達三十萬冊，創下當時圖書發行量的紀錄。直到四十年代中期，《培英絲毛線編結法》還一直出版，封面或書中曾雲集大批名媛與演藝明星來「出鏡推銷」，如秦怡、呂恩、舒繡文、韓菁清、管敏莉、曹慧麟等，她們身著亮麗的絨線毛衫，展示著優雅端莊風韻，宣傳效果非常顯著。

如此推動讓愛時髦的女子大為獲益。從最初幾個鉤弄幾個固定花樣，到織圍巾、手套、帽子，及至漂亮合身的毛衫、毛褲，毛線很快受到女界顧客的青睞，打毛衣在時尚生活中流行起來，成為她們的樂事。

那時，上海美麗牌絨線也是時髦女子熱衷的好毛線。廠商推出過一幅畫面特別溫馨的廣告，畫中的媽媽一人帶著二男二女四個孩兒。裝扮入時的媽媽坐在沙發裡，她留著最新款大彎波浪卷髮，內穿大紅色花旗袍，外套湖藍色薄毛衫，手裡正打著一件新的淺駝色的毛衣。四個孩子活波可愛，穿著背帶褲的男孩在用積木搭高樓；穿軍裝的男孩坐在地上專心玩著小飛機；穿紅裙子的女孩站在沙發旁手裡捧著書在讀；還有一個女孩坐在媽媽對面，支起畫架，正有模有樣地給媽媽畫著寫生……窗外，是白雪皚皚的冬日景致，如此也更突出了美麗牌絨線為這個家庭帶來的幸福。

老商標上的「共和再造」

經過三四天的陰雨，二零一四年六月二十一日夏至那天老天爺才為天津城送來了陽光，難道是因為中考，上蒼眷顧孩子們？第二天星期日早上，天氣不錯，我可謂「奉命」去逛舊書店、舊書攤。咋說？昨晚飯後不知為何，感覺腸胃彆彆扭扭不舒服，讓人心煩意亂。夫人說我缺乏鍛煉，故命我早起出去「奔走」一番。

豈不正中下懷，週末海河邊有舊書市的。再者，我也想彌補一下那幾天的小遺憾。全國紙製品收藏聯盟商標收藏活動委員會第二屆老商標交流活動當時正在蘇州舉辦，主辦方向我這北方區的骨幹會員發了幾次邀請，希望能去參與。看著《拍品目錄》中的花花綠綠，我饞涎欲滴，無奈諸事纏身，實難成行。今天在家門口轉轉，若有收穫也算找到點平衡吧。

機緣巧合，淘到了「東信祥」老商標。當時買了某攤主的幾樣東西，結帳後賣家一高興額外贈送的。故紙長僅為十釐米，寬只有九釐米，或許因尺幅小不值錢？

俗話說：金豆子雖小卻是硬通貨。標有「東信祥」名號的這張小畫很精美，畫面豐滿，顏色鮮豔。畫中是二十世紀二三十年代的軍人形象，他頭戴大殼帽，一身戎裝，腳蹬高靴，正騎在高頭白馬上闊步前進。他一手拉著韁繩，一手高舉旗幟，威風凜凜的樣子。見那旗子上寫有「馬到成功」四個大字，與圖畫左右裝飾條上的「革命成功」、「共和再造」文辭相互呼應。顯而易見，辛亥時代風雲躍然紙上。

「共和再造」也好，「再造共和」也罷，這四個字幾乎濃縮了跌宕起伏的北洋史，與「北洋之虎」段祺瑞也有著重要關係。段祺瑞素有「三造共和」之譽，其一，一九一二年一月二十六日段祺瑞秉承袁世凱的意旨，聯名四十六名北洋高級將領電促清廷退位，促進共和政體的建立。不久後的二月十二日，清隆裕太后迫于各方壓力發出清帝退位詔書。其二，一九一三年十月六日袁世凱就任民國正式大總統。豈料一九一五年十二月袁世凱擬恢復帝制，並於同月十三日在京舉行了「登基」儀式，自稱「皇帝」，改國號為中華帝國。段祺瑞竭力反對袁世凱，加之各方要求取消洪憲帝制，恢復共和的呼聲一浪高過一浪，袁世凱被迫於三月二十二日撤銷帝制，只做了八十三天皇帝，便被趕下金鑾殿。一九一六年六月六日袁世凱病故，遺書中留有「看中國再造共和」之句，也許，他已認識到了稱帝是一種錯誤。其三，一九一七年七月一日張勳公然擁戴廢帝溥儀復辟，段祺瑞為使共和政體得以重新確立，馬上在天津組織了「討逆軍」並自任總司令，聯合各方討伐張勳，導致其復辟僅十二天即告失敗。

革命先行者孫中山為謀求國家統一與共和再造而嘔心瀝血。如一九一六年八月十六日孫中山應邀第三次訪問浙江，當時國內形勢發生了不小變化，正值聲討袁世凱以及黎元洪新任大總統之際。一八日中午，孫中山在杭州即席演說中稱：「今者共和再造，建設之事不能再緩。」

簡單聊罷往事，我們便不難瞭解這紙東信祥老商標誕生的時代背景與印行使用的大致時間了。無論精確到上述哪一時間段，共和再造的革命主張，乃至為社會帶來的新氣象，都會讓廣大民眾深受鼓舞，這一點從畫家筆端的熱烈色彩與裝飾中也可管窺一二。

東信祥有怎樣的工商背景？商標出自何地？可惜故紙中絲毫沒有顯示。歷史與故紙二者間的交融有時好似謎面，等待我們一點點挖掘出答案來。

滴水穿石「尋美人」

那年冬天，在舊書市間偶然得知資訊，有一批舊年旗袍美女圖樣的點心箋流入市場，經四下打探獲悉，前段時間有一矮個子滿臉胡茬衣衫襤褸的老人曾在某角落擺攤時賣過，可誰也說不準是否已全部出手。說起老人的模樣，我大概有點印象，然感覺此人多日未到書市擺攤了，難道發生了什麼狀況？癡迷故紙，有時也任性，我倒要找找他，哪怕看上一眼那些故紙也好。

記得是個星期日，大風過後的津城非常乾冷。因為上午要參加一個學術討論會，所以無法像往常一樣慢慢逛書攤了。我決定在會前迅速到書市轉一圈，心想若能遇見老Ａ豈不更好。沒顧上吃早飯，七點剛過就來到書市，大致由於寒冷，此刻擺攤的人不多，我匆匆環顧兩圈，未見老Ａ的影子。咋辦？於是向旁人打聽。有的攤販說，老Ａ近期一直沒露過面。也有介紹，他只在春秋天才來小賣，有時可能會去鼓樓或閒逛或買賣。與老Ａ相熟的小Ｗ對我說，老爺子孤身一人，性格較倔，貌似不太好接觸。小Ｗ建議不妨去老Ａ家那一帶試著找找，還告訴我Ａ家那舊樓的大致模樣，並說樓門附近常停著輛破舊三輪車，是老Ａ做生意用的。

午間，學術討論會結束，我即刻離身，因為心思早已飛到尋找老Ａ的計畫中。到底去不去老Ａ家那一帶？我猶豫再三。他無手機無固話，具體門牌號也不知曉，如此情況下貿然前往，找不到或撲空豈不徒勞？求故紙，望眼欲穿。

老A家在天津舊法租界一條繁華街沿線，我到地方一看，感覺有點出乎預料，沒想到這一片還隱著一座如此樸素簡易的民宅樓。四層樓僅有兩個樓門，門口靜悄悄始終不見有人出入，也沒發現所說的那輛三輪車。一不做二不休，我索性仰起頭放開嗓門對著所有窗戶開喊：「老A——老A在麼——」聲音很大，喊了十幾聲，毫無反應。難道地點有誤？我轉身出來，順著馬路再向前，同時不停地觀察兩側，再未見類似舊樓。折返原址，我在原地愣了愣，獨自搖頭歎息一聲，只好快快打道回府。

還是放不下對老A，準確地說是對故紙的牽掛，總覺得但凡有一絲希望就不能放棄尋找。不是有人說老A偶爾會到鼓樓舊物集市轉悠麼？我心存僥倖。

一日，我到鼓樓訪書，見偌大攤群市場很熱鬧，買賣兩旺。在摩肩接踵的人群中發現一個普通人談何容易。我一點點朝市場東口走，在就要出去的一刻，瞧見不遠處有個穿舊棉衣的矮個子老人顫顫巍巍地走過來，舊式剪絨棉帽遮住了他的大半面龐。咦，這身板與走路咋有點像……我腦子裡驟然冒出「老A」兩個字！快步上前，彎腰抬臉仔細打量了一下此人，脫口道：「大爺，您是姓A嗎？」「是啊，你是？」「您讓我找得好苦啊！」那一瞬間，我真想牢牢抱住他。說到底，這已不再是為了那些故紙，而是要破解連日來的尋訪之謎。

老A慢慢講起他的糟心事。據說當年初的一個週末，他收攤後騎三輪車馱著不少舊書回家，就在往樓裡搬書的空兒，他再一出來卻發現連車帶書全被人偷去了。至於今天，他是來鼓樓閒逛散心的。我忙問那些老點心箋丟沒丟，他說幸好還在。

我終於拿到了牽掛多日並為之輾轉奔波的點心箋故紙，不知這算不算「精誠所至，金石為開」的尋寶故事呢。

「鬼市」買「三雞」

那是初冬的一個周日清晨，我實在懶得睜眼，但朦朧中似有「蟲子」在鼓噪，讓人再難美美睡上一會。我決定早起去「鬼市」逛逛。

天津的「鬼市」是個諢號，最初源於天不亮市場上就有人買賣，好像「鬼影」綽綽，到了日上三竿則人貨兩散。在津城，說起鬼市幾乎家喻戶曉，這片自發的、甚至被稱之為破爛市兒的舊物市場已有百年以上的歷史了，它是地道的「草根」，在地方風俗史料中，在我的記憶裡，鬼市在城西一帶數遷其址，始終市無定所，但只要有集，便熙攘如潮，三教九流，各得其樂。聽說，那一陣鬼市又挪聚到城西河邊，大概只有清早一兩個小時的擺賣時間。

晨風裡夾帶著寒意，當天賣舊書、賣故紙的攤主並不多，在一個破爛堆上我發現了一張硬紙板，其上貼有舊商標畫。紙板約八開大小，那張畫名《三雞圖》，顏色厚重，泥金光澤依舊，一眼「開門」，是上世紀三十年代左右的故紙。

說心裡話，攤主開出的數字絕對是行裡的到位價，即便如此我也決定買下，只是猶豫那被牢固貼裱的畫還能不能順利取下來。我半開玩笑地說：「你如果能幫我把這兩張取下來，價錢好說，可我回去若搞不下來，真就白瞎了。便宜點吧？」我下意識地討價還價。「得了，得了，怎麼取下來是你的事，給個合適價，我就是不賺錢也要趕緊收攤了。」如此，我用理想的低價淘得「寶貝」，之所以不敢竊喜稱撿漏兒，因為還無法預見接下來那小畫經過處理後的命運如何。

回到家，我根本顧不上吃早飯，連忙溫熱水，悉心處理起來。我急切想看到結果，但搞收藏往往不是心急的事，近百年的故紙被打濕、浸水，已變得極為柔弱，禁不起處理過程中的任何閃失，脫色、揭薄、酥鬆等狀況隨時可能發生。我只好眼巴巴地等待它們慢慢自然脫膠還原，也正好靜下心來欣賞品味一番。

中國傳統文化中的雄雞頗具祥瑞之氣，早在甲骨文中就已出現象形文字。古代傳說中的金雞生活在太陽裡，雞鳴報曉，喚旭日東昇，而它的祖先則是神話中的三足鳥、火鳥、鳳凰。古人認為雞是上天賜臨人間的，雄雞有「文、武、勇、仁、信」五德之尊。漢代《春秋運鬥樞》中還說雄雞是玉衡星的化身。金雞常常出現在民俗圖畫、藝術紋飾裡，寓意驅邪祈福，比較經典的畫面如雄雞立于石上的《金雞報曉》《大吉大利》，以及眾雞相鬥的《英雄鬥志》等，如此，這幅《三雞圖》商標畫的文化內涵也就不言而喻了。

清水已變成茶色，散發著淡淡的氣味，嗅覺分辨不出具體，我想只有經年的沉澱才有此般感覺。幾個小時後，商標畫逐漸與硬紙板剝離，舒展開來，其品相遠遠超乎我預想之上。其實，這紙板是一個盒子的上蓋，隨著商標畫的剝落，依稀可見盒蓋先前還裱過的一層花布面，蟲草圖案栩栩如生。前人的生活情趣真讓我感歎，就是這麼一個再普通不過的盒子也裝飾得如此美觀。

多年的收藏經驗告訴我，在類似非常規狀態下發現的老廣告、老商標等，往往更加稀少。《三雞圖》內中的故事與吉意讓人愛不釋手，我也看重偶遇的緣分和研讀的過程，收藏之樂趣或許就在於此吧。

逛逛舊書店治頭疼

二零一三年六月十五日，週六，天氣晴好，有些曬。本打算利用早上的清涼時間整理稿子，但出了點小意外。吃早飯時不知被什麼細碎食物塞到了右上牙齒，幾次用牙籤也沒能處理好，反倒不小心觸及牙神經，弄得偏頭疼，跳跳的，心煩意亂陣陣襲來，難再寫不下去了。轉念一想，不如到外面走走，逛逛古文化街的舊書店、舊書攤，也許會好些。

圈子裡愛逛舊書店、舊書攤的師友不少，且夠得上「蟲子」級的大有人在。淘書，會友，可謂包括我們這些蟲子在週末的一大樂事。個人覺得，總能遇見熟人的舊書市儼然是個開放、流動的文化沙龍，哪怕是彼此兩三秒的握手與問候，也來得很貼心。

其實，就逛這方書攤而言，我比諸君都有優勢——近水樓臺，百步之遙。但是，我逛攤大多出於過癮。此話何來？還記得南京路上好八連的故事吧，好書頻出，故紙誘人，見到心儀的當然想買。散攤周周往復，店鋪天天營業，那誘惑似乎比「毒癮」還厲害，所以必須自控。再有，我更側重老廣告、老商標收藏，現下一是不多見，二是只要上眼的便出奇地貴。好貨不便宜天經地義。這些年品鑒眾多，行價大概我心中有數，心理底線價也一次次被自行拉高，畢竟物以稀為貴，可每每見到八成以上仍超乎預期。忍痛割愛的滋味不好受，所以還不如眼不見心不想。第三，多年在這一帶「遊蕩」，相識人多，也難免被「宰熟」，還是退避三舍不時上網下單更舒服。

說不想，有點自欺欺人，每週六上班路過舊書市，還沒到近前就好像感到氣場了，經常「穿越」的幻景便是三三兩兩的師友在那裡淘寶盡興。頭疼，欲逛

書攤解悶，更重要的是想說不定能遇見哪位而聊上兩句。既然遛，就別嫌自己「犯癮」，揣上一把鈔票，走起。

我是從北口進書市的，沒走幾步就見一攤上擺著本關於天津城廠史的厚書，名叫《鉤沉：「永久黃」團體歷史珍貴資料選編》。范旭東創辦的天津城廠是中國化學工業的搖籃，影響世界，赫赫聞名。該書雖為企業自行刊印，但圖文並茂，盡采原檔，印刷精良。我早就知道這本書，但一直遺憾未得，也恰在前一段時間晚報搞鹽業徵文時，寫稿過程中曾有一個知識點困擾過我，所以見到它如獲至寶，沒猶豫便買下了。

翻看過程中，聽幾名書販在耳畔大聲吵吵，說南側那邊正在幹仗，原因是某人買了幾樣東西後發現有假，扭頭回來要求退貨。一旁議論者其一說：「簡直瞎鬧啊，不可能退！他買便宜了賺大錢時怎麼不吃後悔藥呢？」別人接茬道：「就是，拍賣會上幾百萬上千萬的東西成交了能這樣麼？」孰是孰非不是我操心的事，然對於新手而言，確實應把握「藏市有風險，入市需謹慎」的原則。話又說回來，看熱鬧說熱鬧大可輕聲輕語，最好別攪了買主的心情。天津人類似的老毛病還是改改的好。

本來頭疼，恐於嘈雜亂耳，趕緊交錢拿書走人。接過錢，書販得意洋洋地對臨攤說：

「看了麼？誰也賣不過我，到現在五百多塊啦。」我邊走邊看表，上午十點三十分左右。想到老 L 是較晚逛攤的人，說不定能遇見。此刻，我已開始冒汗。

一熟臉的大哥看見我，老遠就打招呼讓過去瞅一眼。近年，我經常從他那選購故紙，但一直沒問過人家名姓。其人衣著總是破舊樣，臉上鬍子拉碴，且氣色蒼白。我翻看著那曬得發燙的冊子，很快發現一紙約是二十世紀五十年代的天津紡織品的商標畫，十六開尺幅，生產大發展的多彩畫面，品相也不錯。隨即，心裡開始盤算價格底線……這陣兒，又過來一人，貌似也想看看冊子，攤主朝我說：「咱們熟，要不先讓他瞧瞧？」按常理，這不符合規矩，那遊客也客氣道：「您先，您先。」沒必要找不愉快，再說我也沒思慮好，索性把冊子交了出去。我抬頭逗了一句攤主：「你是吃著鍋裡的還盯著碗裡的——兩不耽誤。」他狡猾地笑了笑說：「都不易，都不易。」

接著向南來到文化小城的胡同裡，見到躲在陰涼處的老張，他那裡也常有我的「菜」。老張問：「好幾個禮拜不見，今兒怎麼這點兒來了？」我說：「來了也淘不到啥東西，這會兒出來散散心。若真是和我有緣的故紙，跑不了。」言罷，彼此都樂了。他向我推薦了幾樣新搞來的貨，其中有一個民國初年進口到中國的獅子牌牙粉的包裝袋，三十二開大小，藍黃雙色印刷。此牙粉為日本產，曾長期壟斷我國市場，家喻戶曉。其廣告也無孔不入，老天津鼓樓、南市牌坊上都有所見。也正是它，直接激發了我們的民族品牌「老火車」牙粉在瀋陽、在天津的誕生與發展。我仔細查看了一番這個包裝袋，可惜品相太差了，背面也有拼接粘貼。問價，覺得離譜，只好放棄。

在此攤上另見一張老天津全聚德烤鴨店的空白菜單，別看無有一字，故紙溫暖之氣卻撲面而來。「這張多少錢？」我問道。話音未落，右邊緊跟遞過來一句「哎，我有『登瀛樓』的你要嗎？」猛抬頭一看，原來是美食家 X 老駕到。我和先生相識經年，互有來往。握手寒暄，很親熱。老人還是一貫的斯文造型，頂著草編的鴨舌帽，戴著正圓的老派兒風鏡，手裡仍拿著那把四季不離的摺扇。見 X 老手裡也拎著個舊布袋子，顯然與裝束有點格格不入。入鄉隨俗，淘書必備，樸素的布袋子、老書包也算舊書攤上的一種標誌與風景吧。

老張有一絲驚訝地望著我和 X 老的會面。他猶豫了一下對我說：「既然和老爺子這麼熟，這張『全聚德』就送你吧。」我並不曉得他們之間的關係，只覺得不可無功受祿，連忙謝過之後說哪天拿著自己的新書來交換罷了……

接著逛。胡同的過道處是老武的小店，他在門口正和一人閒聊，我本想過去打個招呼就走，沒料到老武熱情地把我介紹給了那人，同時說出了我的名字。人家一愣：「啊，原來是您呀。前些日子您在圖書大廈簽售對吧？我還看熱鬧去了，在外圈還給你們拍了照片。」我忙道謝。那人不知怎的打開了「話匣子」，竟前言不搭後語地說起網上的種種嘈雜聲。因不熟悉，我不便搭話，也想儘快逛逛，所以匆匆寒暄兩句即刻離開，這時，背後又傳來一聲：「嗨，老弟別走呀，下次我怎麼找你？」

轉身沒走幾步瞥見一攤上擺著一部關於津沽橋樑的十二開大畫冊。是近年的新書，問價，三十元（定價兩百六十八元），劃價不賣。我翻了翻，歷史脈絡清晰，資料全面豐富，可見編者、作者確花了心思，值得一留。細看，此書乃官方牽頭的正規出版物，運作當是不差錢的，硬精裝，有厚度。但依過往經驗，類似的「工程」書往往會批量散出，因此不必著急買。果然，沒過兩個攤，又見到一本，還是沒拆塑封的板品。繼續，在一家小有規模的書店裡果然發現了幾十本，都整齊地碼在陰暗牆角處。劃價，每冊只要十幾元，索性買了三本留存。

當日最大的收穫是在某小店買下一張「美人梳妝圖」廣告畫，是老上海最知名的廣告畫家杭穉英的作品。杭穉英的畫稿後來被印製成小年畫，深受各界歡迎，有的商家很聰明，批量在小年畫上再次加印廣告，成為廣告畫，贈送民間，宣傳效果事半功倍。

走出書店，原路返回，我的確還惦記著來時那個攤上的老商標畫。「狡猾哥」再次招手示意，我也有意，所以單刀直入談錢。他說：「一猜你就看上這個了。哥們兒懂行，賣給你只要五百元。」說實話，這價錢令我震驚：「能少點麼？」得到的回答卻是：「剛才有人來了給六百元，沒賣。這若是掛到網上至少標八百元。」儘管我很喜歡，但底線不可破，即便是心中所愛，也要說再見。我想，做人做事在某些層面上也大抵應該如此。或許，我會掛念那頁故紙的。

時在正午，我已汗流浹背。飯來了，胃口大開，咂咂滋味，咦，我的偏頭疼不聲不響地好了。

禮和洋行賣染料

在中國近代史上，特別是商貿發展進程中，在華德商禮和洋行曾馳名南北，備受矚目。民國初年，禮和洋行在天津開設分行，地址位於在英租界海大道（今大沽路）。

如今，若偶遇清末年的禮和洋行故紙，我豈能放過？近日的一個週末，在舊書市場上見到一個來自濰坊的賣家，地攤上的冊子裡花花綠綠插著二三十張老商標、老廣告畫，匆匆流覽，不錯，有些難得一見的好東西。此刻，我心中的「蟲癮」已然發作，對禮和洋行的那張標已愛不釋手了。

禮和洋行發祥于廣州。一八四二年八月二十九日，清政府與英國代表在南京簽訂了中國近代第一個不平等條約，即《南京條約》。此後，德意志的邦國普魯士王國、薩克森王國在廣州設立了領事館，首任領事為巴甲威（又譯卡•佛慈）。一八四五年十月，巴甲威與在廣州經商的德國人海穀德合資創辦了禮和洋行（Carlowitz Harkort & Co.）經營。最初，禮和洋行主要代理歐美輪船、保險業務，逐漸發展起來。

一八六六年、一八七七年，禮和洋行香港分行、上海分行相繼成立，其在中國的生意也在增速。禮和洋行進一步拓展進出口貿易，他們把中國的豬鬃、桐油等銷往歐洲、美洲、澳洲、非洲等地；再將包括德國在內的歐美國家的五金、染料（紡織品染色顏料）、機器、電器、照相材料等運到中國，從中獲取利潤。如此營生讓禮和洋行仍覺不解渴，於是又為清廷以及民間政權進口軍火，由其獨家代理的德國克虜伯煉鋼廠的武器、機器、機車等，被源源不斷轉運東方。

大發橫財的禮和洋行有了資本積累後，他們有鑒於中國沿海口岸發展變化與前景，將目光集中到了上海。約一八八七年前後，禮和洋行上海分行變更為總行，地點在江西路（近九江路，今江西中路）。一八九八年，禮和洋行在此興建新的辦公樓，歷時數年建成。此樓高四層（連屋頂層為五層），在當時的上海洋行中堪稱最大。一九二四年四月二十七日《申報》報導：「德商禮和洋行，其舊居在江西路十八號。近在四川路蘇州路轉角，自建五層高大樓房，業於前日遷入，併發柬請各界參觀……屋頂可以俯瞰蘇州河全景，與隔岸郵政局新局遙諦，風景極佳。」文中的四川路即今天的四川中路。

清末民初以來，禮和洋行的銷售網路不斷擴張，先後在天津、漢口、青島、濟南、瀋陽、南京設立了分行。其中，天津分行位於在英租界海大道（今大沽路）。

自十九世紀七十年代開始，中國國內的機器織布業逐漸發展起來，土布印染市場對於染料的需求不斷增加，銷路廣闊。這一時期，禮和洋行、禪臣洋行（德商）等將德國染料代理到中國，委託上海一些洋廣雜貨商號來銷售，如此不僅開發了新市場，還培育了中國沿海城市相關商業的興起，及至專營進口染料的顏料行、染料莊遍地開花。約一九零零年前後，禮和洋行又帶來了上好的靛藍色。中國民眾日常用度尤其喜歡藍色，靛藍很快風行城鄉。從此，靛藍成為禮和洋行染料業務的主打產品。

如今收集到的這紙禮和洋行的老商標大致是清末年使用的，原本貼在靛藍染料罐外，商標與廣告作用凸顯。畫面中是一家染坊正在晾曬深藍色布的情景，夥計剛晾好長長的一匹布，這時候東家老爺來了，他指著布匹，好像在說：「此靛真好，永不變色。」而這一句正是禮和洋行的廣告語，被清晰印在標籤上方。不僅如此，畫面左右兩側還寫明：「禮和洋行始創，染法內有仿單。」意思是說，這種顏料是我們首創的，顧客可以放心使用，至於具體用法，罐裡有說明書可參考。

朋友捎來「瓜子眼藥」

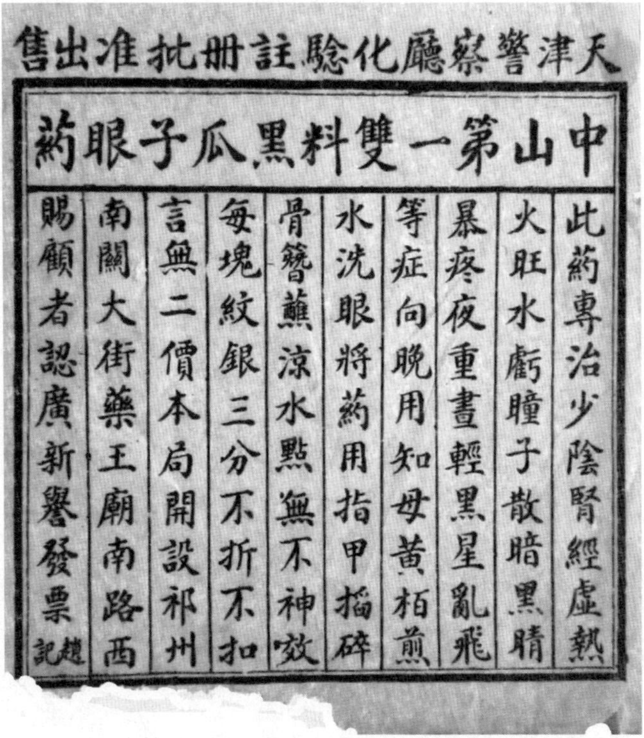
天津警察廳化驗註冊批准出售

中山第一雙料黑瓜子眼葯

此葯專治少陰腎經虛熱火旺水虧瞳子散暗黑睛暴疼夜重晝輕黑星亂飛等症向晚用知母黃柏煎水洗眼將葯用指甲搯碎骨簪蘸涼水點無不神效每塊紋銀三分不折不扣言無二價本局開設祁州南關大街藥王廟南路西賜顧者認廣新譽發票 趙記

有位朋友S君年輕有為，對曲藝掌故多有研究，也喜歡收集相關的老資料，我們每次在舊書市上遇見都要聊聊天，算是投脾氣。那天，手機忽然響了，S君在電話裡說他在瀋陽出差，休息間歇正在逛當地的舊書攤。我挺佩服賢弟的執著，誇他真是個「癮君子」。大致緣於惺惺相惜吧，S君熱心腸，邊逛邊通上網給我傳送著地攤上的畫面，開眼，堪比現場直播。他接連拍下幾張舊點心箋花紙、舊廣告傳單等，問我若需要就專為我代買，可我看上的不多。約半小時後，S君又發現一張二十世紀二三十年代「瓜子眼藥」的廣告傳單（舊稱發票、仿單），不禁讓我眼前一亮……

老年間的瓜子眼藥大名鼎鼎，因藥粒像瓜子，故得名。白敬宇品牌瓜子眼藥雖原產于河北定州，但後來與天津多有交集，這張故紙頂端赫然寫著「天津員警廳化驗註冊批准出售」字樣，而且該眼藥曾在天津東馬路鬧市以及娘娘宮駐莊售賣，因療效確切、神速，曾被譽為「娘娘宮三寶」之一，可謂家喻戶曉。

瓜子眼藥素具歷史，始于明朝永樂年間。白家先祖最早在西域以行醫賣藥為生，成吉思汗進軍黃河北岸後，白氏遷居定州，薪火相傳，子孫後代皆有良好繼承，成為當地的回族名醫。民間流傳故事說，乾隆爺下江南途中兩眼紅腫痛癢，用了定州眼藥後藥到病除，皇上大喜，特頒旨賞賜。一九一五年，瓜子眼藥獲巴拿馬太平洋萬國博覽會金獎。白敬宇藥行創立於一九三一年，他潛心鑽研各種驗方、秘方，不斷總結發展，博採眾長製成丸散膏丹，為民眾提供了不少便利，最知名的傳統眼藥一直深得各界讚譽。後來，該眼藥定下「鯨魚」商標，與「敬宇」二字諧音，並進一步擴大生產。二十世紀三十年代白敬宇藥行迅速向大城市擴展，先後在北京、南京、天津、石家莊、祁州、開封、鄭州、濟南、西安、漢口、長沙等地設立了分號。

按《全國中藥成藥處方集》中的天津方，瓜子眼藥稱之為複方爐甘石眼藥，主要成分包括煅爐甘石、冰片、麝香、熊膽、梅片、硼砂、牛黃、琥珀、珍珠（豆腐炙）、黃連，將藥材研細和勻後用荸薺汁、冰糖水調和，做成瓜子樣的錠劑。它能消腫止癢，明目退翳，主治暴發火眼、氣蒙昏花、紅腫痛癢、流淚怕光、外障雲翳、眼邊紅爛等。《全國中藥成藥處方集》文中另有附注：「本方由《良朋彙集》撥雲散加減而成。」

我想搞明白這張瓜子眼藥故紙流傳的大致時間節點，仔細研讀發現信息量真不少，其中文稱：「每塊紋銀三分，不折不扣，言無二價」，結合上文資訊覺得有幾個關鍵要素值得注意，比如「天津員警廳」、「紋銀」等，我也緣此深感故紙研究中多領域複合學問交叉的重要性。

清光緒二十七年（一九零一）《辛丑合約》簽訂後，清政府在天津設立員警廳，成為我國歷史上第一個員警機構。當時，員警廳的職權範圍比現今大，也對藥品生產行銷有監管職責。天津依河傍海交通發達，是距定州最近的港口碼頭，天津成為白敬宇瓜子眼藥行銷發展的重要基地是理所當然的事。同時，在天津駐莊且獲天津員警廳官方許可，對商家來說也具有相當的分量。

關於老年間的紋銀，因鑄造後外觀有水波紋或螺紋而得名，它非實際銀兩，是流通貨幣之一。按清朝官定標準，好紋銀的成色應為九十三點五％左右，俗稱「十足成紋」。近代思想家、實業家鄭觀應在《盛世危言・鑄銀》中稱：「紋銀大者為元寶，小者為錠。或重百兩，或重五十兩，以至二三兩。」以後一些地方又有新標準，如含銀量不低於九十九點六％的稱為紋銀（純銀）；含銀量在九十九點六％以下，在九十九％以上的稱為足銀。紋銀流通很久，值得注意的是，一九三三年國民政府宣佈廢兩改元，規定所有收付不得再用銀兩，一律使用銀元，紋銀從此退出流通領域。由此可知，這張瓜子眼藥廣告故紙至遲印行傳播於一九三四年以前。

感謝S君惦記，我告訴他若覺得價格合適請速代我買下捎回即可。S君友善替朋友著想，竟劃了個半價收穫這張故紙，讓我倍感友情的溫暖。

順便一說，我還收藏有一枚二十世紀三十年代白敬宇瓜子眼藥專門印行的信封，信封背面是廣告，據文字獲知當時白敬宇還開展函購業務，方便偏遠地區的患者。恰好，信封與這張故紙權算姊妹吧。

廢紙上的美女做封面

常逛某舊書店，我和店主老Ｗ算是老相識了，且彼此還有一層特殊的關係，就是我倆的家屬同在一個單位工作。老Ｗ是個極精明的買賣人，經驗老道，只要他看上眼的有價值的古舊書，說甚點，哪怕是夾在書頁裡的一根髮絲，也難從他手裡溜掉。當然，若從他手裡買到便宜貨、撿到小漏，除非是在他打盹的時候。所以，熟歸熟，我們之間「不差錢」。

俗話說，一分錢一分貨。好貨不便宜，自有道理。即便貴，我也願意隔三差五到老Ｗ的店裡小坐片刻，順便看看有沒有合適的東西。因為這些年確實買到過幾樣不錯的故紙，也賺過零星銀子。

記得幾年前的一天，在店裡，他與我一邊閒聊，一邊整理著剛剛收進的一批品相參差不齊的民國舊雜誌。嘮嗑的空兒，他將一頁缺了邊角的「廢紙」扔到了一旁。我下意識中掃了一眼，咦，花花綠綠的紙頁上還有大美女啊。「這『廢紙』多少錢？」我之所以這麼問，因為明白，在人家店裡，特別是老Ｗ屋裡，哪有什麼不要錢的廢品一說呢。老Ｗ望了我一眼，似乎有些不解，問我：「嘛意思？這破紙你看著有用？

歸你了，不要錢。」我說了聲「謝謝」，趕緊和他說了再見。心中暗想，萬一故紙上有故事呢?省得人家反悔。

此「廢紙」實際上是一九三六年十月號上海《時代畫報》的封底，彩色印刷，圖文清晰，只可惜左上部分殘缺了。眾所周知，廣告，可謂那個時代報刊生存發展的生命線，稍微夠些規模的報刊，其上莫不是廣告連篇累牘，堪比當今。這紙封底上同時刊登著兩家企業的廣告，所占位置與大小不同。其一是（上海）中國化學工業社的廣告，在宣傳白玉牌牙膏和「時代霜」化妝品。二者只是附在整個封底的左上位置。其二是美亞牌綢緞面料的廣告，大幅明星照位佔據封底中央——暗藍色的背景前，妙齡女子一襲絲綢洋服，儀態嬌美，亭亭玉立，視覺效果凸顯。

別看這「廢紙」破爛，殊不知「白玉」和「美亞」是頗有看點的。

二十世紀三四十年代的上海，有一家非常馳名的日用化學品企業——中國化學工業社，它的主人是力倡國貨的商人方液仙。

在中國近代工商業發展史中，浙商寧波幫實力雄厚，影響很大。方液仙祖籍寧波，清光緒十九年（一八九三）出生於上海。方家世代經商，在寧波、杭州、上海等地素以經營錢莊、典當、銀樓、南北貨等行業聞名。

方液仙在青少年時代接受過良好的傳統文化與西方文化的教育，較早就對化學產生了濃厚興趣，曾師從於上海公共租界工部局德國籍化驗師竇柏烈。他苦心鑽研日用化學品製造的相關知識，還在自家設立簡易的實驗室，不斷探索，立志實業報國。雖然家長希望方液仙日後繼承錢莊的生意，但在一九一二年，方液仙還是說服了家人，並為他拿出了一萬元作為資本，創辦了化學工業社。

方液仙一干人開始小規模生產雪花膏、白玉霜、生髮油、花露水、牙粉等日用化妝品。由於尚無門面，他們便挑著擔子沿街叫賣或在電車上向乘客兜售。在當時洋貨橫行的大環境中，方液仙的產品很難叫響，銷量平平，如此導致入不敷出，原始資本一去無回。這般境況並沒有打消方液仙的志向，他在一九一五年又籌資五萬元在上海重慶路租下幾間廠房，繼續生產。

五四運動中，民眾抵制日貨、提倡國貨的呼聲一浪高過一浪，中國化學工業社迎來了良好的發展機遇，產品逐漸在市場上打開銷路，經營規模日益壯大，產品質不斷提高。

當時，日本產的蚊香是市面上的暢銷貨，方液仙決心研製國產蚊香與洋貨一拼高下。工業社先從仿製生產開始，進而不斷改進工藝生產出盤形蚊香，比日貨蚊香能夠多燃兩小時左右。方液仙高舉國貨旗幟，在行銷與廣告上大做文章，報紙上、街面上常可見化學工業社的廣告，消費者對三星牌蚊香的認知度不斷加強，逐漸打破了日貨的壟斷局面。

一九二二年，中國化學工業社效仿美國絲帶牌（高露潔的前身）牙膏，成功試製出在國內尚屬時髦新鮮的產品。方液仙以「福祿壽」將牙膏命名為大吉大利的三星牌，規格有大號、二號兩種，其香氣與潔齒效果遠遠勝過牙粉，旋即俏銷，特別是在五卅運動宣導國貨的背景下，三星牌牙膏更是供不應求。

廣告對工業社發展的推動作用日益顯著，方液仙乘勢專門成立了廣告科。除了報紙、霓虹燈、廣播廣告之外，化學工業社的廣告也遍及滬杭、滬寧鐵路沿線。一九三零年左右，後來成為著名漫畫家的張樂平就曾在廣告科供職。一九三七年二月，方液仙為宣傳三星牌牙膏，特別請藝華影片公司為該產品拍攝了一部歌舞類廣告片《三星伴月》，由周璿主演並主唱《何日君再來》，紅極一時，「三星」品牌由此更為深入人心。

其實在當年，中國化學工業社的白玉牌牙膏也很俏銷，只是其風頭遠不及廣告鋪天蓋地的三星牌罷了。據《上海輕工業志》顯示，二十世紀三十年代上海共有十六家廠商或藥房生產、兼產三星、白玉、嫦娥、無敵、金魚、起士、先施、黑人、白玉等二十四個品牌的牙膏。

到了二十世紀五十年代初，上海牙膏品牌達五十多個。一九五三年九月，中國化學工業社首次將天然水果香味加入白玉牌牙膏中，受到市場歡迎，暢銷大江南北。一九五六年後，上海大小牙膏廠全部併入中國化學工業社，該社成為上海唯一的牙膏專業生產廠。

我們接著說上海，聊聊美亞綢緞的時髦。

辛亥革命以後，西風東漸中的上海堪稱我國的服裝中心，五光十色的新型面料相繼舶來，引領時尚。服裝面料的變化與服裝裁剪、製作工藝，乃至裝飾品之間相互依託，促進發展，如此特別為女人們打開了全新的生活空間。

近代先進科技帶來的蒸氣繅絲工藝催生了中國新式絲綢工業的萌芽，終結了我們原有的古老工藝與家庭手工生產的模式。以上海絲綢業為代表的近代民族工業在半殖民地半封建的社會背景下發奮圖強，不斷進取，上海絲綢迅速成為發展最快的出口商品。十九世紀六十年代，以英商怡和洋行為先，有外國商人相繼在黃浦江畔設立幾家絲綢廠，獲取了豐厚的利潤。一九一五年，隨著春記綢莊的開辦，電力織綢在上海出現，至一九三七年抗戰前夕，上海絲織工業企業已發展到四百八十多家，在國內遙遙領先。

永泰絲廠和美亞綢廠是當時最有影響的兩家民族企業。廠址在華德路（現長陽路）美亞公司建於一九一七年，初為富商莫觴清與美國商人合資經營，但事業並非一帆風順，坎坷前行中歷經多次改革、重組、兼併，從設備與管理上不斷發展，逐漸在激烈的市場競爭中站穩了腳跟。到了一九三零年，美亞的分廠已達十家，產品大受歡迎。乘勢而上的美亞大搞宣傳。美亞不僅在上海首創了絲綢時裝模特表演，還放映自拍的影片，邀請各界名流淑媛前來觀賞，引發了媒體的廣泛關注。在海外，美亞人員先後赴越南、泰國、馬來西亞、新加坡等地巡迴考察，傳名東南亞。一九三五年四月三日，在上海舉行的中國第一次集體婚禮中，新人的禮服就是用美亞優質絲綢統一製作的。

在上述《時代畫報》封底上，美亞的促銷廣告文字稱：「服裝的美麗對於身段有相當的輔助，在這裡是更覺顯然！但是，華貴的服裝先要選配華貴的衣料，美亞織綢廠羅致絲綢美術專家，精心研究，每星期創造新型織品一種獻給婦女界採用。」如此誘惑怎能讓女人們心如止水呢？穿上它，才會發現美亞真是美呀。

一九三七年淞滬「八一三」戰爭的爆發讓美亞綢廠損失慘重，為了保存實力，除了在租界內保留兩廠之外，淪陷區倖存的工廠紛紛遷出上海，並在上海、香港、重慶、漢口等地設立華東、華南、華西、華中區域管理處。如此統一管理，分散經營的模式使美亞公司得以資產累積。一九四二年美亞股票上市，同時在天津增設了華北管理處。

說了這麼多故紙中故事，貌似它已被「吃幹榨淨」了，但不儘然。二零一一年的時候，上海一家出版社約我寫了一本書，名叫《老廣告裡的香豔格調》。在編發圖片的時候，我盡選個人所藏，其中也把那殘破的《時代畫報》封底圖，也就是那「廢紙」上的美亞美女照選取加工了一下，作為相關章節配圖，一併交稿。沒想到的是，後來封面設計圖從出版社傳來，我驚奇發現，在百多「美色」中，出版社情有獨鍾地相中「美亞美女」當做了封面的主圖。再度經過藝術處理，她躍然紙上，引人眼球。望著自己新著漂亮的封面，我不由想到了一個詞——無獨有偶。

說不好什麼時候老W會看到《老廣告裡的香豔格調》，假如他見到那封面美女會作何感想呢？也許人家早就忘了那張「廢紙」，只是我「舊情難舍」吧。

「萬金油大王」往事一葉

大致十五六年前，在舊書市淘到一冊二十世紀二三十年代永安堂的藥品廣告宣傳冊，如獲至寶，因為它與天津頗有淵源。

二十世紀三十年代，鼎鼎大名的南洋虎標永安堂就已在天津、上海、汕頭、福州等十多個城市先後建立了分行，天津分行位於繁華熱鬧的法租界馬家口春和戲院（後更名工人劇場）對面。永安堂良藥萬金油、清快水、頭痛粉、八卦丹被人們稱之為夏季「四寶」，家喻戶曉。

永安堂的創始人胡文虎（一八八二—一九五四）在華僑社會和國內享有崇高聲望，是人所共仰的愛國僑領，他的一生充滿了傳奇色彩。

胡文虎的祖籍是福建永定下洋中川村，出生于緬甸仰光。十歲回中川讀書，後來又赴仰光，在父親胡子欽開設的永安堂藥行裡一邊學習經商，一邊鑽研醫藥知識。清光緒三十四年（一九零八）胡子欽去世，胡文虎與胡文豹兄弟繼承父業，並決心謀求藥業的革新與發展。他們出國考察中西藥業，開闊眼界，在祖國傳統醫學的基

礎上結合南亞古方，將胡家原有的提神解暑的中成藥「玉樹神散」改良為外抹內服兼具的萬金油，同時創制了八卦丹、立止頭痛粉、清快水和止痛散等成藥。這系列新藥便於攜帶，價錢低廉，旋即暢銷國內及東南亞，胡氏兄弟由此發達。

一九二三年，胡文虎在新加坡設立了虎標永安堂總行和製藥廠，業務更加蒸蒸日上，隨後又在馬來西亞、香港等地開設分行。一九三二年，永安堂總行遷址香港，廣州、汕頭的製藥廠也相繼開工。胡文虎乘勢而上，很快將分行開遍包括天津在內的中國、東南亞各大繁華城市，萬金油的年銷量達到兩百億盒，其顧客達到全球人口半數以上，胡文虎緣此博得了「萬金油大王」的美譽。

胡文虎對祖國對家鄉懷有深厚的感情，「九一八」事變、「一二八」淞滬抗戰相繼爆發後，胡文虎與廣大海外華僑一樣，愛國熱情空前高漲，胡文虎捐鉅資、贈良藥支援抗日將士。一九三二年曾發行到天津的一本永安堂廣告宣傳冊很精美，畫面緊扣時代脈搏。有個恬靜善良的女護士手托一盤永安堂藥品，所配的廣告題目為「請用虎標良藥，保護救國英雄。」附屬文字殷殷道：「英雄去救國，儂（你）來救英雄，芳心無限熱，盡在良藥中。」宣傳冊中還有以生活場景為主的畫面，既生動又樸實，具有較強的廣告親和力。如一位嬌顏玉肌的小姐安坐于沙發中，含情脈脈的樣子，文字說：「又肥又白又嫩又紅，無疾無病常在樂中，問她用何方法得此，按期服清快水有功。」

胡文虎於一九三四年來到天津調研，以期進一步開拓以天津為代表的華北市場。胡文虎對天津市場的管理人員說，賠錢若賠在廣告上，賠得對，你們不用管，提成照拿，事業一定要發展下去。隨之而來的永安堂廣告更加迅猛，各種媒介起頭並舉，宣傳方式多種多樣。他們在火車站、鐵路沿線設置廣告，在惠中飯店、北門外等繁華熱鬧街區的高大建築物上也隨處可見「旗袍美女與老虎」畫面。

一九三六年是永安堂藥品在天津的旺銷期。在近一年的《北洋畫報》第四版的中心位置，讀者均可讀到一段段隨筆式小文，它平和、自然，靜靜地向讀者宣傳著虎標良藥。如《散弦》一篇描寫到：「聰明的女子不論伊在如何狂熱地吻著伊的愛人時，但伊總不說：『我向你發誓，永遠不再愛別人。』在燈彩滿堂的結婚典禮中，新娘的心理除了橫溢著驕和快意的心情外，還會兜起了心頭的同一層微妙的哀感。藥品的好壞，看廣告是不足為憑的，一定要嘗試過後才能分曉。永安堂的虎標良藥之所以風行天下，無人不用，就是因為經過無數人的嘗試以後，無不靈驗的緣故。」如《少女日記》記述：「今日放學後，同著菊，看影戲。進門時，有一個男子死盯著我，真叫人好難為情。想不到我進院坐定後，那一個剛才盯我的男子竟又來坐在我的右邊。我心裡砰砰地跳，今天出門時辰不好，所以才碰到這種事。還有叫人更難忍的，是那個男子的氣還臭得很。幸得菊帶了虎標八卦丹，我忙把它含到口裡，才覺到一陣芬芳，趕走了周遭的臭氣。」

當年，天津分行還印行有一本彩色宣傳冊，封面上不僅有嬌豔美女和威威猛虎，時任國民政府主席林森的題簽「活人壽世」也赫然其上。冊中的立止頭痛粉廣告很吸引人，出鏡的女士正是郭沫若的夫人、當紅明星黎明健。不僅如此，包括于右任、蔡元培、馮玉祥、孫科等顯赫人士的題詞也納入冊中，足見永安堂的非同凡響。

獨闢蹊徑的《信誼字帖》

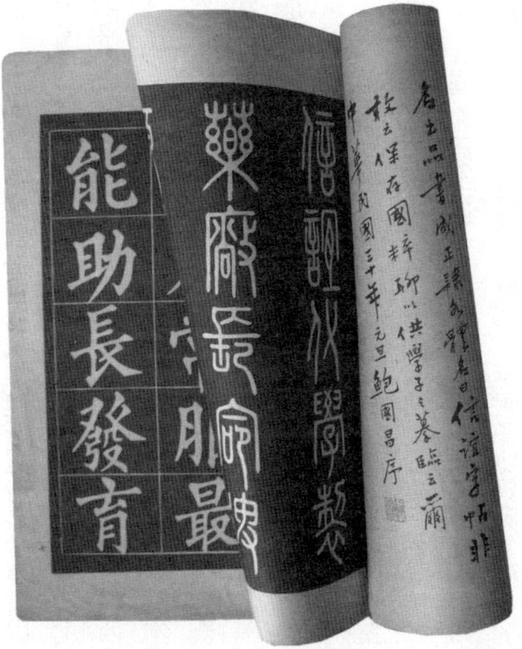

記得是二零零三年，那時候孩子正上小學，興趣小組開設了書法課，我便到天津文廟舊書市為她尋一冊老版本的字帖。無巧不成書的是，我在一堆舊書中順利找到了一冊線裝本《信誼字帖》。字帖的名字特別吸引我，聽說過大書法家顏真卿、歐陽詢的名字，可這「信誼」的意思呢？買下細品便是。

燈下讀來，想起「書

中自有黃金屋」那句話。原來，《信誼字帖》是老上海信誼化學製藥廠於一九四一年專為其長命牌各種藥品策劃發行的一種廣告宣傳品。一家藥廠何出此創意?字帖首頁是序言，為鮑國昌書寫，字體瀟灑清秀。序言中稱：「本廠創制國產各種最新良藥，迄今已曆十餘寒暑，頻年孜孜探討，無時不在改良邁進中……因念國之盛衰，系乎文字之隆替。我國自海禁開後，歐風東漸崇尚西文蔚成風氣，遂之相傳數千年之固有文字視同弁髦，文化淪湮，識者譏焉。爰將本廠著名出品書成正隸各體，名曰信誼字帖，非敢雲保存國粹，聊以供學子之摹臨雲爾。」通過解讀序文可知，在當時社會動盪傳統文化日漸衰微的大背景下，信誼藥廠精心編輯出這本字帖，無疑是拳拳愛國熱情的流露。

《信誼字帖》又名《信誼化學製藥廠長命牌良藥輯要》，扉頁上可見民國書畫大家鄭午昌的這一題簽。字帖書法是俞化行的墨蹟，他是浙江剡南（今屬嵊州）名士，當時客居上海。俞化行之書端莊大氣，以兩百四十個字介紹了信誼藥廠的維他賜保命、四維葡萄糖等藥品，說明了功效與主治，字斟句酌，簡潔明確。當時，我將此字帖拿給一位書法家欣賞，他認為字帖書藝勁健厚重，耐人品味。

《信誼字帖》的封二刊有多種藥品圖片，封三標明信誼藥廠在國內及東南亞等地的總廠、分廠、辦事處資訊等，與字帖內容相得益彰，廣告效果凸顯。如此創意不可謂不巧，巧在它獨闢蹊徑地將本是枯燥的藥品廣告與書法藝術、國文教育雅俗共賞地結合在了一起，且很實用。綜合我的收藏可知，舊時有的鞋帽莊也刊行過類似的「廣告字帖」，內容為歷代碑帖附加廣告，但書法與所要宣傳的商品缺乏關聯，像信誼藥廠的這一版本是不多見的佳品。《信誼字帖》免費贈送各界學人，在潛移默化中起到了事半功倍的宣傳作用。

那天逛攤還尋覓到一幅老商標畫，名叫《煉丹圖》，它是早年日本銷往中國的紡織品商標，約出品於二十世紀三十年代。在我的心目中，古人的煉丹術玄奧至極，但那跳動的火焰裡充滿著對生命與幸福的美好期盼。戰國至西漢年間，我國的冶金技術就已運用到煉製礦物藥等方面，先人們夢想著煉出長生不老、得道成仙的丹藥，或者煉出更多金銀來，由此誕生了煉丹術和煉丹家。方士們的長生夢更是讓不少帝王將相信以為真，也催化了煉丹術的發展，對中國古代化學的進步起到了不小推動作用。

日本商人採用了在中國民間膾炙人口的畫面，《煉丹圖》圖中又有茂樹繁枝與壽桃、仙鶴，其品牌的吉祥寓意大抵會在潛移默化中深入人心了。

香皂明星

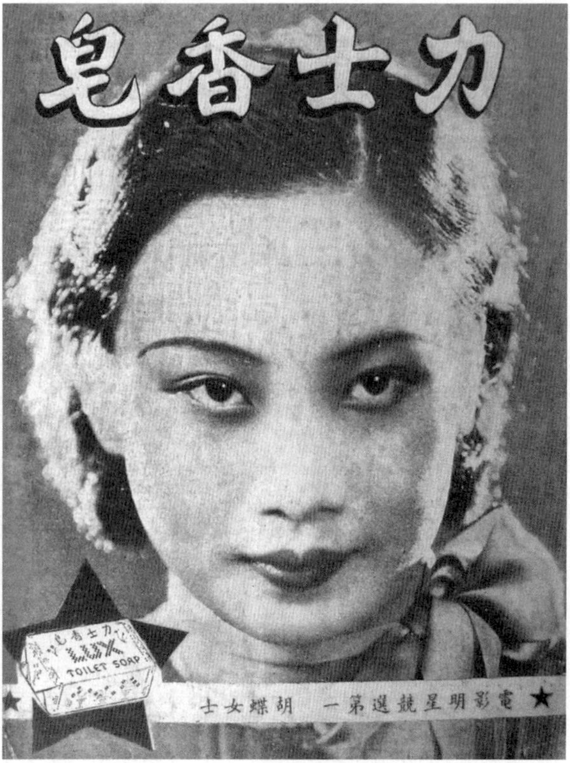

這些年來，我收藏有多樣二十世紀二三十年代的香皂廣告，細細品讀，故事頗多。其實，中國的制皂業起點並不低，「洋夷皂」大約在十九世紀中葉傳入中國，從開始只是外國人和僑民使用，到被中國百姓接受，這一過

程只有一二十年的時間。英國、日本、德國等外商洋行的竭力促銷讓肥皂、香皂大為光火，進而成為女士追求美的一種時尚消費。

時尚的香糕誰都願意分享，一九零四年，中國自己的第一家肥皂廠——南陽皂燭廠在上海創立，他們出品的蘭花皂很快行銷各地，並出口到東南亞。在一九二九年沿海城市的時尚空氣中，中央香皂廠的檀香皂、芝蘭香皂、蜂花香皂、衛生藥皂一經問世旋即被熱炒，影星顧蘭君出鏡該廠的廣告時告訴大家：「明星個個愛用，化妝時不可少。」

肌膚之美雖然是與生俱來難以改變的，但後天的保養與呵護也很重要，要不然那麼多女子拼命地給美容院送錢幹嗎？雪膚美白素來是健康時尚的主旋律。時尚回眸，如果問哪一種護膚香皂博得了民國女界的最愛，答案或許只有一個：「Lux」。

美國與荷蘭商人合資的聯合利華公司早在一九一一年就已躋身包括香港在內的遠東市場，並在日本設立了制皂廠，部分產品銷往中國。隨著「五四」運動和「五卅」運動的浪潮，日貨遭到抵制，聯合利華不得不改弦更張，重新打造了一個品牌，以更好地服務中國百姓。他們將目光率先鎖定在中國時尚的沿海大城市。

時尚就像都市生命中最具活力的細胞，愛美、潔膚、護膚，城市女人將此視為了一種自我表現的品質，她們追逐著陽光的新生活。商人是聰明的，聯合利華想到了陽光。「力士」在拉丁語中就是陽光的意思，力士要給時尚女性健康靚麗的膚色。是的，陽光賦予了生命，沒有人願意拒絕她。

大上海是製造明星的地方，佳麗們的光鮮會迅速感染南北城市的時尚空氣。力士選擇了女明星代言，且秀得「死去活來」。如此，從蝴蝶開始，當時最火的女明星阮玲玉、徐來、陳燕燕、袁美雲、黎莉莉、王人美、徐素貞等統統愛上了「陽光」。一九三三年，由利華公司操辦的電影女星評選活動盛況空前，蝴蝶最終藝壓群芳獲得了第一名，阮玲玉屈居第二。人們隨即看到了《申報》上的整版廣告：十顆五角星中鑲嵌著十位獲獎女星的玉照，引領她們的是一顆最大的星，星中是閃亮的力士香皂。不是嗎？星光四射，力士驚城。一個新的品牌一夜間改變了時尚的風向。「陽光」借著星光讓城市女人的護膚習慣變得越來越成熟，越來越時尚。

如同力士香皂的成功案例一樣，聰慧的中國工商業者早在近百年前就將多個香皂產品做到了極致，相比時下的名牌也毫不遜色。比如，二十世紀二十年代末中央香皂廠的椰子香皂便稱：「擷取椰汁精華，配合高貴原料，性質潤和，日用此皂永保皮膚白嫩潤潔。」

毋庸置疑，時髦女子是香皂最大的消費群體，她們對美的追求中蘊含著巨大的市場空間，這正是創始於一九三三年的裕華化學工業公司的著眼點。裕華乾脆將產品就定名為銀星牌，並一口氣聘請了一九位當紅的電影明星代言銀星香皂。在相繼推出的「銀星」系列廣告上，周璿、陳燕燕、童月娟、周曼華等一一閃亮，每位名媛在自己的肖像旁都親筆寫下了對「銀星」的讚譽。明星的廣告好似秀場的閃光燈一般，迭迭不休，誘發著不計其數的追星族前來嘗試「銀星」的溫柔，前來破解摩登生活的密碼。

老扇「破鏡重圓」

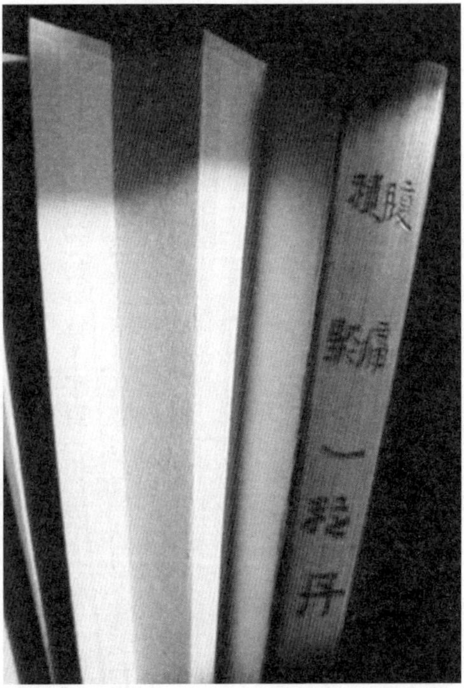

那年冬日的一天上午，在天津第三工人文化宮舊書市場尋尋覓覓了個把小時，也沒有淘到對路的心儀之品。準備打道回府之時，瞧見離門不遠的角落裡有個不聲不響的小地攤，攤子上並沒有幾本書，反倒是雜七雜八弄得像個廢品回收點兒。心想，有棗沒棗打三竿，上前幾步瞄一眼再說。亂堆裡見到一副扇骨，細細的竹條參差不齊，折損不一，幾乎毫無價值。歲月無情亦有情，左右扇板完好，包漿油潤，特別是上面刻寫的石綠色的藥品名字樣深深吸引了我。這不是別出心裁的廣告摺扇嗎？無需猶豫，問價，極廉，一支雪糕錢。

就扇子而言，需要「破鏡重圓」；就老廣告而言，也應恢復完整載體。幾經打聽，找到一家作坊，修補齊扇骨，配插好扇面，連扇軸也照原樣重換了牛角軸。修舊如舊，這把廣告摺扇重現了往昔的清雅。

經考證，當年的送清風者是瀛西大藥房。一九一八年，瀛西藥房創辦于安東（現丹東），「瀛」即瀛洲，寓意東方，東西合璧，中醫西醫相互交融。

二十世紀二三十年代，瀛西大藥房曾以「封侯掛印」為商標，推銷藥品。「封侯掛印」是傳統的吉祥圖樣，常以一猴摘取掛著的印璽為內容構成。封建時代被封了侯爵，擁有了官印，可謂榮達高升。「封侯掛印」利用「猴」與「侯」、「楓」與「封」的諧音，繪出楓樹與猴，表示「封侯」，將印綬（印信和系印的絲帶）掛在樹枝也含有掛印的意思。

「九一八事變」後東北淪陷，日本藥品的大量湧入讓瀛西藥房受到衝擊，生產銷售處處受到掣肘，於是，瀛西在一九四零年左右在天津增設製藥廠，產品專供關內銷售，後又將總廠遷到天津。

位於天津東馬路的瀛西製藥廠在當年已經掌握了比較成熟的生產工藝，出品的平熱散、一粒丹等藥品療效確切，有口皆碑。瀛西為回饋各界厚愛，在某年夏季特製了上述那一款精美的坤式摺扇贈送顧客。摺扇的扇板上一面刻有專治感冒、熱症的「平熱散」字樣；一面刻有主治腹痛、積聚的「一粒丹」字樣。雅扇與藥商的關懷伴君一夏，宣傳效果自然深入人心。

另外，當時的瀛西製藥廠還以傳統神話八仙故事為題材，推出連環畫式的廣告宣傳品，讓人喜聞樂見。這張畫在我的藏品中算得上是較有特色的一種。

一九五六年公私合營，瀛西製藥廠併入天津中央製藥廠。這一時期，該廠出品的人丹藥也比較知名。其實，早在民國初期，為抵制日本的仁丹，中國製藥商就已生產出「人丹」、「民丹」等，直至二十世紀五十年代初仍然暢銷。一九五七年，瀛西製藥廠在畫家戈湘嵐的名作《春耕》圖上添加了廣告，大力宣傳人丹。我也收藏有這張廣告畫。

有了第一把「廣告摺扇」就想著何時能淘到第二把、第三把，所以後來逛地攤時總有意無意地注意類似舊物，但始終沒遇見心儀的，反倒弄得熟悉的賣家誤以為我改門道收藏扇子了。幾個月前在海河邊舊書店、舊書攤淘寶，有個攤販向我推薦幾把上世紀七八十年代天津某藥廠推出的廣告摺扇。見廣告印在扇面上，畫工潦草，字跡歪斜，感覺燥氣較重，絲毫沒有雅意，我說了聲「謝謝」便果斷放棄了。

劉爺的「佳人」

每逢歲末總愛三省吾身，自我盤點。說實話有點慚愧，緣何？近年所獲所藏老廣告、老商標精品不多。市場規律使然，「作繭自縛」所致。這些年來，由於不想當保管員，所以自給壓力，堅持收藏與研究並舉，面對頁頁故紙考證辨析，爬格子開專欄出專著搞活動，一來二去落得所謂的「聞名」。在懷舊也成為時尚的今天，媒體也拼命搶新聞，有時我剛發現一件有價值的藏品，即被好友記者迅疾爆料，鏡頭中的我雖是陪襯，但架不住三番五次的臉熟。俗話說，人怕出名豬怕壯，我發現，自己在地攤上溜達淘寶，總不免被一些賣家「高看」，有時留給我的似乎只有溫柔一刀。因此，這一年的故紙入手量在滑坡，不是精品難動心。

那是二零一一年初秋的一個週末，天津老城舊書市熙熙攘攘。劉爺的攤子周圍人也不少，我在圈外瞧見一幅老上海美女圖看板（絲襪廣告），直覺告訴我那是開門的舊件，不由得眼前一亮；經驗告訴我要稍安勿躁，以免「打草驚蛇」挨宰。於是像做賊一般在不遠處觀望，一是怕畫被別人買走，二是想聽聽大致的報價。稍待清淨，我上前輕輕托起美圖，還沒等細端詳，劉爺一眼就認出我來：「哎呦，這不是專家老弟嗎？這畫就是給你留的，別人給多少錢咱也不賣。好東西就得給識貨的。」人家熱捧，我心卻涼。總要問個價的，不出所料，比剛才耳聞的數高了近一倍！可我再也舍不下那「美女」了。靈機一動，想到了找行裡人代購。轉身離開邁出沒幾步，聽見相鄰的攤主小聲勸劉爺：「您不如便宜點讓他拿走算了。」猜劉爺咋說？「這小子有名有眼力，回去研究明白寫兩篇文章稿費就賺回來啦。」

唉，我不想爭說什麼，誰讓自己有「蟲子」愛故紙。其實，多年前我在全國發廣告徵集藏品時就說過「研究所用，切勿高價」之類的話，但在當今市場經濟與收藏意識普及的大環境中，如此「懇求」無異於鴻毛。誠然，古往今來的藏市便無統一定價可言，看人出價，因勢報價，水漲船高，坐地還錢，可謂無需多言的潛規則。買賣兩廂堪比周瑜與黃蓋。與此同時，掌眼、摟貨、代購也是收藏交易的門徑之一。

我決定去找同在附近從業的哥們兒。我們相識已久，他多次請我幫忙看看藏品。如實向朋友說明原委，他理解我的苦衷，願意代勞。事隨人願，他一出馬果然以較低的價格為我請得「美人」歸。按規矩，我執意讓朋友加點錢，他笑笑說：「算了吧，回頭拿了稿費請客吧。」呦，這傢伙也這麼認為。

又有多少人瞭解時下出版傳媒機構稿費的尷尬呢……

試想，如果收藏、研究構建在挖掘與傳播歷史文化的層面上，構建在回饋社會與讀者的層面上，那或許會有全新的感受。

二零一一年，拙著《老廣告裡的歲月往事》出版後受到讀者歡迎，歲末，我以

「書傳善緣，播種溫暖」的理念為宗旨，自費購買了百餘部該書，無償贈送給各地圖書館。活動得到北京大學圖書館、南開大學圖書館、臺北市立圖書館、廣東陽江市圖書館、南京大學圖書館、浙江溫州市圖書館、遼寧撫順市北台小學圖書館等眾多機構的回應與支持。我想說，溫暖不是一個人的手爐，藏以致用，希望大家都能感受到傳統文化得魅力。

藏家與藏市猶如魚水，儘管已將目光更多轉向網購，但我怎可以離開活生生的古董攤舊書市呢。新年，何去何從?答案似乎只有兩個字：堅持。

「新沙遜」老故事

二零一四年八月有上海之行，友人請客到外灘和平飯店西餐廳小聚。幾度閒遊黃浦江兩岸，幾乎都會路過和平飯店及周邊街市，所以印象頗深。餐罷，我們專門在飯店內觀光一番，典雅華貴之感不勝言表。憶往昔，它不愧「遠東第一高樓」美譽；說今世，它不枉「世界著名飯店」殊榮。流覽飯店簡介，我也記下了樓宇舊主人的名字，他叫維克多・沙遜。

意猶未盡之中回到天津，即在藏書中翻檢有關和平飯店與沙遜家族的相關史料，也算知其所以然的補讀吧。我喜歡第一手資料，隨後一直渴望得到與之關聯的什麼舊物原件，哪怕是丁點也好。年末一日晚間無聊，到舊書網看看有沒有自己喜歡的老廣告、老商標之類的故紙，竟無意間看到「新沙遜洋行」幾個字。這大抵是一組新沙遜的紡織品外包裝的舊標籤，只可惜幾樣故紙皆為皺巴折損且塵封的狀態，難怪賣家說明只有「二品」，僅要一餐盒飯的價格。我想到了「聊勝於無」之說，再說此名字與沙遜家族或許不無關係。馬上查資料，很快印證了自己初步的判斷。

和平飯店原名華懋飯店，也稱沙遜大廈，回眸往事多有故事。早在一八三二年，大衛・沙遜在印度孟買創立沙遜洋行，其家族發跡於鴉片貿易。其次子伊利亞斯・沙遜在十九世紀中葉被派到上海，開展對華業務。此後，鑒於與其兄分歧越來越大，伊利亞斯・沙遜于一八七二年自立門戶，在上海開辦了新沙遜洋行。一八七七年，他花八萬兩白銀買下南京東路與外灘路交口北側的一片地產，建造了兩幢兩層洋房，人稱「沙遜姊妹樓」。

到了一九一八年前後，沙遜家族的後輩維克多・沙遜（一八八一—一九六一）在全面接管了新沙遜洋行，隨後在一九二三年來到上海。當時，老沙遜姊妹樓已顯得有些破舊，與集團資本財力不相般配，且當時外灘建設迅速發展，新樓勃興。維克多・沙遜幾經論證決定投資，由屬下華懋地產公司重新建造沙遜大廈，也就是今天和平飯店的前身。大廈由公和洋行設計，華商新仁記營造廠承建，一九二六年開工。樓宇為鋼筋混凝土框架結構，占地面積四千六百多平方米，建築面積三萬六千多平方米，高十層，局部十三層，另有地下室等。一九二九年竣工的沙遜大廈總高七十七米，一躍成為「遠東第一高樓」，維克多・沙遜的大名也隨之傳遍十裡洋場。大廈對外營業名為華懋飯店，集商務辦公、酒店客房、餐飲娛樂於一體，頂層還是沙遜的英式堂皇住宅。黃金地段、外表奢華、內部氣派的飯店深受達官顯貴、中外富商的歡迎，車馬雜遝，風雲際會。新沙遜洋行也從此更多轉向房地產等新領域投資經營，並獲得巨大成功……

足夠了！僅憑如上歷史資訊，這組故紙無論品相多差，我也要買下。即刻下單訂購，先拿到手再說。幾天後，如願以償。當我展開佈滿浮塵的舊紙仔細觀瞧，見這組老商標主要以一張新沙遜洋行標誌圖和一張《得利圖》商標畫最為引人。他們皆貼附在一大張黑色包裝紙上，厚紙有油光有韌性非常結實，該是舊年新沙遜洋行包裝布匹所用的。那標誌圖為長方形，畫面以金色、紅色為主，上部的紅色圓形內有一隻銜著橄欖枝的白鴿展翅飛翔，和平鴿下方是縱向展開的一西式羊皮卷圖形，上書「新沙遜洋行」金色大字，很醒目。畫卷背後及周邊裝飾有聚寶盆與花草等，整體設計更趨於中西合璧的風格。《得利圖》是一幅典型的工筆人物畫，漁家女拎著一條大鯉魚高興還家，膝下有童子二人望母，一孩背魚簍，一孩扛魚竿。圖畫用筆飄逸，人物傳神，頗得古法雅韻。外包裝上的另一菱形小標顯示有「24Yds」字樣，二十四碼折合約二十五米。

於此，我們要說到新沙遜洋行的紡織品經營。清末民初禁煙運動日盛，新沙遜的鴉片貿易迅速萎縮，洋行遂加大棉紗、棉布、人造絲、麻紗、紙張、火油、玻璃器皿、五金零件等向中國的販銷進口業務，比如一九零七年，新沙遜棉紗和棉布的進口值達四百一十七萬兩，超過鴉片進口值，到一九一八年前後，棉紗成為他們進口的最重要項目，還曾專門設立「洋布間」等業務部門，暢銷中國南北。加之房地產開發，新沙遜洋行日進鬥金，與太古洋行、怡和洋行、英美煙公司並稱為「四大在華財團」。《得利圖》等商標畫也正是在這樣的時代境況與商貿背景下推行使用的。從品牌命名及畫面內容來看，不難發現新沙遜在經營推銷和廣告宣傳方面是深諳入鄉隨俗本土化道理的。

即便新沙遜洋行曾為上海灘商貿翹楚，哪怕後來曾有西方人甚至說「沒有沙遜就不能理解上海」，但說到底，天下沒有不散的宴席。抗戰勝利後，維克多・沙遜在上海陸續出售所屬產業，又外移部分資金，並將洋行總部遷到巴哈馬。二十世紀五十年代初，新沙遜洋行在上海雖仍擁有大量不動產，但也欠下了不少債務。一九五六年，華懋飯店（沙遜大廈）更名為和平飯店。一九五八年，洋行以產抵債，將所屬上海公司全部轉讓給我國企業，結束了在華業務。

順便一說，華懋飯店對面就是匯中飯店，它竣工於一九零八年，以磚木結構為主，為新文藝復興建築風格，同樣引人關注。一九六五年匯中飯店併入和平飯店，俗稱南樓，直至二零一零年雄踞路南路北兩家同為和平飯店經營管理。沙遜大廈是近代上海建築史上第一幢完全意義的現代派風格建築，頗具代表性。至今，總有許多政要名流、中外遊客紛至沓來，感受這一著名建築的經典氛圍。

挨宰也要收下《安利圖》

二零一四年六月的一天，到文化街舊書市赴約，與小S見面並取回預定的一頁故紙。朋友給我帶來的是一幅老洋行推銷化肥的廣告畫，日前，我在網上相中了它。待仔細看罷，確是老貨，該掏銀子了。眼前的小S是個「鬼靈精」，業餘時間倒騰舊書、故紙、老照片等，我們是一年前認識的。

「啥價錢？」我問。這小弟開價錢前還是老樣子，先鋪墊一通：什麼那天南方一個玩家高價想要，但沒賣給他；什麼花了多少多少銀子買來，只打算賺您十元錢，云云。說實話，我對「帽兒戲」不感興趣，但還是耐心地聽他嘮叨完，單等報出實在的數字。猜想，大致是他覺得上次賣給我的畫要價太低了，所以此番開口就亮出了「快刀」，價碼大大超出我的心理底線。這，我是有預料的，人家總要來回找平衡的。經三兩輪議價，也不過是四五十元錢的事，索性滿足小S得了，誰讓我喜歡呢。說到底，買賣之間離不開鬥智鬥心理，有時點到而已即可，若看長遠，就別太在乎某一次的盈虧。

安利洋行印行的這幅推銷化肥的廣告故紙確實有料，我之所以要收藏它，自有緣由。其一，二十世紀二三十年代駐華外商發行的廣告相對更精美，始終是相關收藏的熱點。說西人用堅船利炮大舉進犯東方口岸也好，說也曾拉動我們城市生活與世界接軌的腳步也罷，總之，故紙上的諸多看點能在細節中解讀近代史。再有，這幅畫的下方附著一九二六年的月曆，類似的老上海月份牌畫是眾人較為熟知的，但二零多年來的收藏經驗告訴我，此等薄紙小廣告上帶月曆的並不常見。經過近九十載春秋遺存至今，且具完好品相，實屬難得了。其三，它畫面飽滿豐富，形象生動，色彩繽紛。畫中，滿懷豐收果實的農夫肩扛手握兩面白色旗幟，旗上「安利洋行」

大字顯明，同時還畫著紅色的雄鷹與醒獅兩種商標圖樣，並有「農商部註冊」的告知。圖畫背景更漂亮，見收穫的瓜果、棉花、桑葉、煙葉、白菜、甘蔗、穀物等琳琅滿目，無不讓人喜出望外。重要的是，這一切的得來，畫面上端的廣告語告訴你了——如用本行肥料能使收成加倍而不多費成本。

這裡必須要說到大名鼎鼎的安利洋行。考索歷史，大致要追溯到一八五四年在上海建立的德商瑞記洋行。到了第一次世界大戰爆發，瑞記洋行停業了，戰爭結束後，英國人H.E.安諾德、C.H.安諾德接手經營，於一九一九年復業，更名為安諾德兄弟公司，同時在香港完成註冊。該公司的中文名為英商安利洋行，總行設在上海，又于天津、漢口等地開辦分支行，且多建有漂亮的安利大樓。安利洋行的進出口業務非常廣泛，大到鋼鐵、機器，小到芝麻、豌豆，幾乎無所不包，今天收藏的這幅廣告中宣傳的化肥也是其重要的生意。

按說拿下這幅廣告畫心滿意足該打道回府了，因為還有文債等我回去敲鍵盤。記得文與小S分手，可我卻拔不動腿了，因為當天恰好是集日，擺地攤的人不少。記得文友寫了本書叫《書店病人》，看來把這命名套用在我身上或許也恰如其分，一個癡迷的「蟲子」，也算是「故紙病人」吧。這不，病犯了：既來之則安之，不如在這響晴薄日清風徐徐的好天氣裡接著逛書攤。「放縱」一下，也算自己難得的消閒。

偶然收穫，顯現價值

愛鄉情深，我格外青睞津門老字型大小的遺存，故紙中的往事更讓人有一種家的親切與溫暖。二零零三年春天，在天津老城廂改造工地的廢舊傢俱市場，一面破碎穿衣鏡背後的襯紙，不，是一幅印著「謙祥益」大字的廣告畫，如磁石般吸引著我的目光。這機緣讓我欣喜若狂，我被那畫中鴻雁高飛的遠大抱負所打動。

謙祥益是北方最具名氣的綢布商號，家喻戶曉。山東章丘舊軍鎮孟家資產雄厚，在全國許多城市開店設莊的同時也看中天津這一勢在必得的大市場，民國初年在津開設了謙祥益保記、謙祥益辰記等多家大綢緞莊。謙祥益主要經營棉布、綢緞、呢絨、皮貨等四大類商品，他們深諳「不怕不賣錢，就怕貨不全」的經營之道，即使是稍微過時的料子也有庫存，方便百姓。相當的資本又使謙祥益能備以水獺、海龍、貂皮等名貴皮貨，盡顯實力。

天津的綢緞莊有新、老兩派，在「銀窩子」估衣街，大小綢緞莊更是林立其間，相互競爭在所難免。新派的敦慶隆、元隆、華竹等商號不斷投放廣告，報紙、海報、贈品等招數之外，還經常以大減價、大放盤之舉招徠顧客。老派的謙祥益、瑞蚨祥、

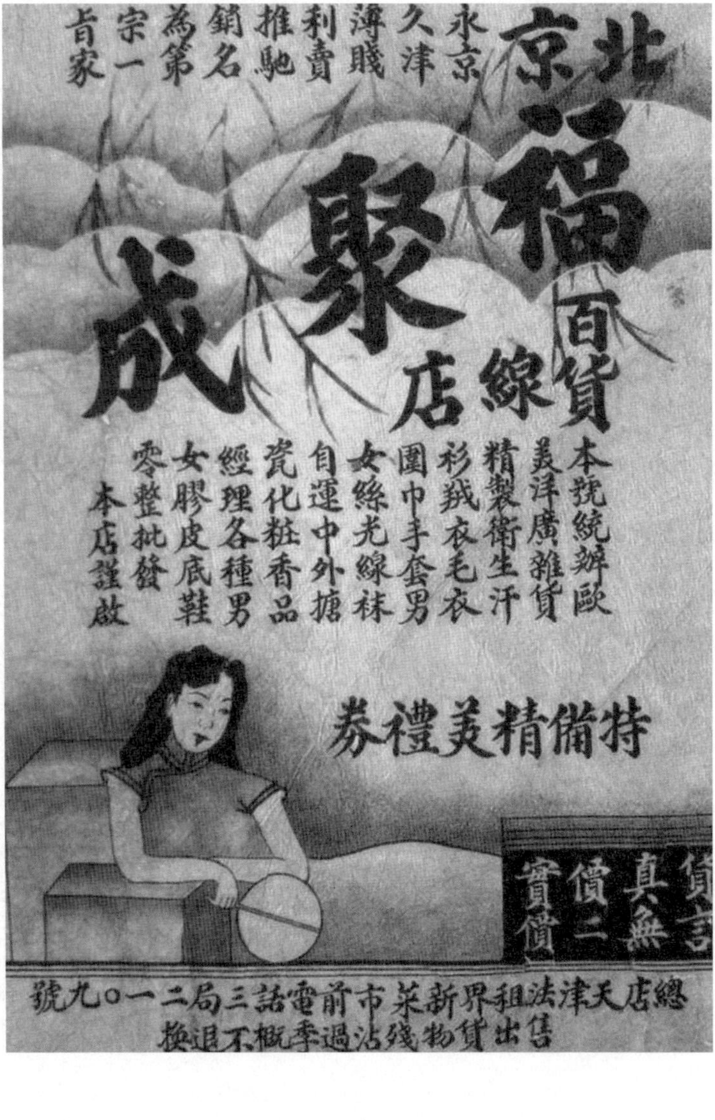

北京
永久薄利推銷為宗旨
京津賤賣馳名第一家
福聚成
百貨線店
本號統辦歐美洋廣雜貨精製衛生汗衫絨衣毛衣圍巾手套男女絲光線襪自運中外搪瓷化粧香品經理各種男女膠皮底鞋零整批發
本店謹啟
特備精美禮券
貨真價實
言無二價
總店天津法租界新菜市前電話三局二一〇九號
售出貨物殘沾過季概不退換

慶祥等字型大小認為酒好不怕巷子深，他們以貨真價實、尺碼足、牌子老而著稱，視顧客為「財神爺」，要求店員和氣待客，業務精熟，講究買多買少一個樣，哪怕人家只是來配半尺布料也盡心安排挑選，讓顧客滿意為止，正如廣告中「信用久著」的標榜。老派謙祥益無微不至的服務有著極強的人情味，吸引著大量的回頭客經常光顧。

上面那幅六七十年前的廣告畫有四開大小，我曾把它拿給一位常在謙祥益「穿木頭裙子」站櫃臺的二十世紀二三十年代的老店員欣賞，他動情地回憶起了謙祥益往事，說彷彿又回到了那紅紅火火的歲月。

說到底，偶拾，可謂收藏的意趣之一。再談一例。記得是二零零六年，我在舊書市上無意中看見一個攤主在清點舊物時，有個粉色紙團兒從賣者的物品中滑落。隨著賣者離去，設攤的買主旋即開賣，但並未注意到那紙團兒。我下意識中認定那紙團兒中必有所獲，躬身拾起，沒想到這正是一幅總號設在天津的北京福聚成百貨店的老廣告宣傳品。俗話說，買的沒有賣的精。攤主似乎早已明察我的「蟲子」之心，告之：「這廢紙也許就扔了，但你拿起來可就是錢啦。」自然索價二三。

當晚，我在燈下悉心整平這紙老廣告，細細品讀更覺如獲至寶。

福聚成的故事鮮見文字記載，似乎早已被人淡忘，我知道相關的考證是必需的。位於老天津法租界新菜市的福聚成，零售批發四季男女服裝鞋帽、化妝品、搪瓷製品等。二十世紀三十年代初，隨著業務的不斷發展，該號以「永久薄利推銷」為宗旨，在京城前門外煤市街設分號。福聚成貨真價實，言無二價，並備有精美的禮券答謝顧客，京號的生意一度勝於天津總號。另外，我在一九三六年天津出版的電話號碼簿中看到，特大號的「福聚成」三字與眾多商號的小字形成鮮明的反差，電話簿廣告十分搶眼，由此不難想見福聚成的興盛，確如廣告所言「京津賤賣馳名第一家」。

禮多人不怪

每逢歲末年初，特別是春節前夕，商場、酒樓、銀行都會變著花樣推出一些禮品卡、購物卡、美食券、賀歲版銀行卡等，促銷起來很給力，大大方便了民眾走親訪友拜大年的喜慶生活。中國人重親情，講面子，禮尚往來，無可厚非。其實，這類禮券絕非現代時髦生活的產物，早在二十世紀二三十年代就已經形成風氣了。

這些年來，我在不同的收藏市場收集到十幾種各色老式禮券，其畫面上皆具有一定的廣告與推銷特徵。其實，最初的目的只是想給自己的商業民俗研究寫作提供些鮮活有趣的資料，沒想到時間長了，品種多了，也就自成脈絡了。

老話常說，日子再緊也得富過年。佳節來臨，吃穿用戴，買賣激增，聰明的買賣人又豈能坐失良機呢，大減價、大放盤的同時，發售禮券、商品券同樣是民國商人、銀行家的行銷妙招。

禮券是饋贈親朋好友有價證券，可以代替商品，或買贈或受禮者以家境殷實的中上層消費者為主。白老闆托張二爺撮合樁生意；周小姐想讓大記者在報紙上炒作一番，過年了，總要表示心意的。禮券，對於購買者、商家、收受人三方可謂皆大歡喜。購買者送出禮券，既美觀大方又不顯山不露水，同時也很體面。收禮的人何時消費、欲買什麼也可隨心而就。如此種種，禮券便扮演起了多樣的角色，公關效果事半功倍。

「從南京到北京，買的沒有賣的精。」在禮券的流通過程中，最得利益的是還是商人，他們先行吸納了現金，尤其是在通貨膨脹的年月，物價波動頻繁，商人往往輕鬆獲利。與此同時，商號、銀行通過禮券不僅活躍了經營手段，還擴大了影響。

從某種意義上說，中國人過年又是美食的節日，除了家中備下豐富的年飯之外，免不了親朋好友聚會到飯店暢飲一番。開業于一九一七年的燕春坊是老天津著名的二葷館（中高檔飯店），酒席宴與水餃、壽合、喜合等小吃同樣膾炙人口。為了方便百姓，吸引食客，燕春坊在二十世紀三十年代曾連續多年發售「喜慶禮券」，購買禮券者送出的相當於一桌豐盛的酒席。試想，拿著禮券的張大人拿著一張粉紅色的禮券，大搖大擺地進門就嘗鮮兒，也算得上氣派了。

不僅如此，精于魯菜的天津登瀛樓飯莊北號在一九四二年也推出過十元面值的禮券，憑此券可品嘗正宗的「上席一桌」。當時，總號位於天津東門外的一品香茶食店生意興隆，分號也有數家，該店在禮券上特別注明了「四號取貨，一律通用」的字樣。

一紙設計精美的禮券大多還要配上漂亮的類似信封式樣的包裝袋。比如，鳳記東品香茶食店的禮券袋的一面畫著乘風破浪的遠洋輪，給顧客以宏圖大志的美好遐想；另一面為花木盛開圖，又凸顯幾分清雅的格調。

天津寶豐百貨線店的禮券是我所見同類藏品中從設計到印刷相對較為精美的一張。先說畫面，麒麟與丹鳳交織出了吉慶祥瑞的氛圍，在新穎的美術體「禮券」二字的上方還有一個聚寶盆的剪影，濃縮著聚財生財的理念。禮券的右下角專門設計了繁複的花樣圖案，與今天的貨幣圖案十分近似。禮券的具體面額會標注在這個位置，加蓋印章後，更有效地防範了塗抹修改。禮券的邊框以及網底線條也十分嚴整工細，足見在製版過程中所花費的心思。寶豐禮券的背面表格與中原百貨禮券的模式相差不多，但特別加蓋了鋼印編號，進一步起到了防偽作用。畢竟，有價證券的安全問題不可小覷。

女子也要開飛機

網上淘故紙，時常遇到價格虛高的問題，其實雖有行價，可不絕對，完全看買賣雙方的「心情」與「發揮」，有點「周瑜打黃蓋」的意味。近年來，尤其若沾上美人圖畫或美女題材的，那價碼更不消說了，非要到買者「心疼」才算罷了。我曾拍下的老上海大公紡織品公司的航空救國牌紡織品商標畫，就是在類似情形下得來，最後自我總結了倆字：沒轍。

儘管如此，我仍舊覺得這張故紙的性價比不錯，因為它真實折射了二十世紀二三十年代女子積極參與社會與航空救國的往事。

話說一九二三年孫中山的摯友楊仙逸創辦了廣東飛機製造廠，在他的主持下，第一架在中國本土上製造的（雙翼雙座）飛機問世。八月十日的廣州大沙頭機場聚集了幾百人，誰都想在第一時間見證夢想的實現。孫中山和宋慶齡來到機場主持試飛典禮。儀式上，孫中山環顧左右問誰願意隨機試飛，宋慶齡應聲而出，出人意料。飛機試飛成功，掌聲四起，中國第一位乘機試飛女性——宋慶齡的勇敢讓人無不敬佩。孫中山高興地用宋慶齡的英文名字 Rosamonde，命名這架飛機為「樂士文一

號」。

秋瑾在紹興就義時她的女兒王燦芝只有六歲，但小燦芝骨子裡卻註定流淌著革命與婦女解放思想的血液。她自幼勤學苦讀，任俠尚誼，精通中華武術。一九二七年，二十六歲的王燦芝成為上海競雄女校的校長，第二年，她毅然前往美國紐約大學航空專科學習，三年後成為我國航空史上的首批飛行員。

自一九二三年孫中山為「樂士文一號」題下「航空救國」四個大字後，航空救國運動發展到三十年代已風起雲湧，有新知識武裝的女性也融入了時代大潮中。杭穉英筆下的旗袍美人雖然坐在庭院裡，但正在閱讀的卻是《航空術》一書。同時期的大公紡織品公司還特別將色布命名為航空救國牌。商標畫中，飛機前的摩登女子身穿飛行服，儼然是一位女飛行員，充分表現了當時女性積極投身社會的熱情。老大新棉布莊的《信鴿圖》中，年輕的媽媽一邊看護小孩一邊閱讀信件，身旁男孩在試飛玩具飛機，還有窗外飛來的鴿子，這也許是飛行員家屬的生活細節吧。

就在這一時期，已是上海影壇當紅明星的李旦旦（霞卿）在法國巴黎旅行時被一次飛行表演所感染，興奮異常的她於一九三零年開始先後到瑞士和美國學習航空技術，一九三五年回國後成為著名的女飛人。身著一襲白色航空服的李旦旦坐在機艙裡，颯爽英姿，嫵媚動人，那種氣質一下子成為當年時尚鏡頭的焦點。一九三六年的春天，黃浦江畔的報童高舉著一份份報紙奔相走告：「號外，號外，當年的大明星振翅沖天啦！」李旦旦在美國進行抗日募捐飛行時，三藩市的報紙上驚呼：「噢，上帝，那是一個女人！」

抗日戰爭爆發後，婦女報國、航空救國的行動得到了更多社會人士的認同與支援，年輕女子身著航空服在飛機前的倩影已不僅僅是時髦的畫面，女子爭相閱讀航空術的書籍已不單單是作秀，她們用自己的行動告訴世界：中國婦女一樣可以飛上藍天。

搶下「銀朱」內票

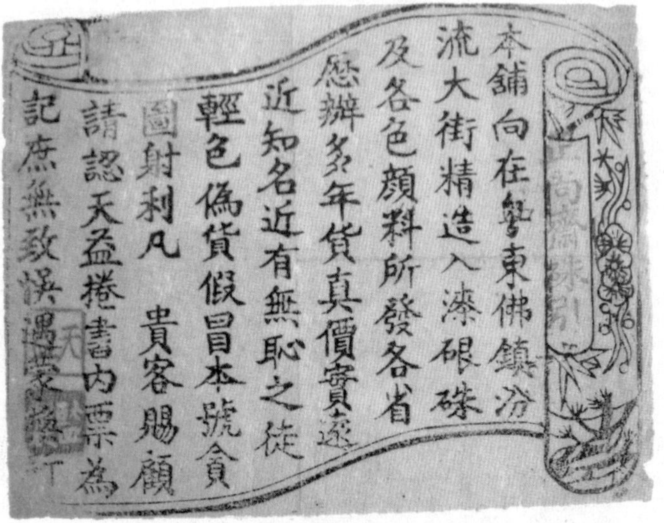
本鋪向在粤東佛鎮汾
流大街精造入漆硍硃
及各色顏料所發各省
歷辦多年貨真價實遐
近知名近有無恥之徒
輕色偽貨假冒本號貪
圖射利凡 貴客賜顧
請認天益捲書內票為
記庶無致誤

大概是一九九九年的時候，經朋友介紹，遇到一位香港民間工藝美術師，名叫阿明，他是搞古典彩塑藝術的。朋友知道我有美術功底，且對顏料有所瞭解，於是請我陪同阿明去選購些傳統顏料。

來到天津最知名的楊柳青畫社，阿明一行先是買了花青、石綠、藤黃之類的普通顏料，全部正牌，是品質純正的色膏幹片，每個小包裝盒比火柴盒還要小一半的樣子。隨後，阿明問售貨員有沒有「銀朱」，當我聞聽「銀朱」

二字，心中不免動了一下：這金貴的顏色在如今恐怕不易買到了。也確實，阿明一問有點問住了售貨員，或許售貨員太年輕，所以一臉茫然不知所要為何物，櫃檯裡是否有貨。售貨員招呼來一老師傅，老師傅蹲下身，摸到貨櫃最裡角找到一小包東西，他說：「這點顏色年頭太久了，都說不好早年是從哪裡轉到畫社來賣的。」那外包裝紙已明顯陳舊，上面似乎還有浮塵，貌似長期未動。

沒錯，這是一包多盒上好的銀朱顏料。老師傅打開包裝讓我們看貨，這時他順手把一小張說明紙丟到了旁邊。我下意識地掃了一眼，見紙輕薄，上面還有圖案與文字，挺有古氣。阿明是「土財主」，計畫全部買下那些盒銀朱。他查驗顏色的空兒，我讓售貨員把那張說明紙拿給我瞧瞧。老師傅說，你們買走了顏料，這說明紙也沒大用處，就歸你吧。此刻，阿明也發現了說明紙，並與我同時接過它。我和阿明一人一手都捏著那張紙片，阿明先說了聲：「好東西呦。」咋辦？僵住了，我倆四目相對。急中生智，我對他說：「你再選選其他顏料，我先看看這說明紙。」阿明鬆手了，而我牢牢地拿住了說明紙。

與阿明話別，他很感謝在我的指引下買到了正宗的顏料，忽然，阿明的雙眼又亮起來並問我：「老兄，那張說明紙呢？」我笑著說：「歸我收藏啦，我可不想讓它從天津再飛到香港。」上車前，阿明握住我的手，蜷縮起的幾個手指刻意撓了撓我的手心，微笑著說：「你的眼光好厲害。」

此說明紙不大，僅比現下六十四開紙稍大一些，宣紙，木版印，仔細從不同層面推斷，它約是清末民初的故紙。類似的說明紙也叫「內票」，實際上是舊年傳統商家附在商品包裝裡的廣告說明書。

這次從阿明手裡「搶」到的這張內票，出自廣東佛山正尚齋。畫面上以展開的書卷形為裝飾框，右手邊有手工加蓋的「正尚齋」紅色字樣，左下角有「天益」、「監製」兩個印章，顯清秀雅意。書卷框中的廣告文雲：「本鋪向在粵東佛鎮汾流大街，精造入漆硍朱及各色顏料……貨真價實，遠近知名。近有無恥之徒，輕色偽貨，假冒本號，貪圖射利。凡貴客賜顧，請認天益卷書內票為記，庶無致誤……」需要說明的是，這裡的「硍朱」即銀珠。另外，這張故紙還多了一層防偽標籤的性質。

銀朱（硍朱）究竟為何物？即硫化汞，明人李時珍在《本草綱目》中說：「銀朱乃硫黃同汞升煉而成，其性燥烈……」銀朱是無機化合物，性狀為鮮紅色粉末，有毒，可以用作繪畫顏料與傳統中藥。

那麼，正尚齋故紙上緣何以「入漆硍朱」作為首當其衝的標榜呢？作為顏料，銀朱的遮蓋力很強，素以色澤鮮豔、久不褪色、防蟲防蛀著稱於世。古書中防蟲蛀的丹紙，以及中國書畫所用的上等印泥就是用銀朱製成的，乃至古代名貴漆器，也以銀朱入漆為佳制。

工欲善其事，必先利其器。二十世紀工筆花鳥畫大師于非闇（一八八九—一九五九）對中國傳統繪畫顏料有精深研究，所著《中國畫顏色的研究》馳譽已久。書中內容注重歷代理論與個人實踐新知相結合，對中國畫顏料的出處、命名、特性、製作、用法等進行了詳細介紹，堪稱該領域的里程碑之著。該書一九五五年首印，其後很長一段時間沒有再版。

于非闇頗為看重銀朱，也曾關注過正尚齋出品的銀朱。《中國畫顏色的研究》第一章《中國畫顏色的品種及性質敘述》中談及銀朱時寫到：「銀朱又叫紫粉霜。這是我國古代發明最早的化學顏料。從前的制法是：用水銀一斤，石亭脂（藥名，即是製造過的硫黃）二斤同研，盛入大口瓦罐內，上面用鐵鍋蓋嚴，再用鐵絲把鍋和罐拴緊，用鹽泥封固，放在鐵架上，下面用炭火烤罐。在火烤時，另用棕刷蘸冷水，刷上面蓋著的鐵鍋，隨烤隨刷冷水，大約經過一個鐘頭即成。俟冷後，揭開鐵鍋，鍋裡和罐裡全生著銀朱，石亭脂仍沉在罐底。水銀一斤，可得銀朱十四兩。鴉片戰爭以後，海運大開，水銀出口，價值既貴，用它提煉銀朱的很少。主要的產地是福建漳州。到今日，連一包（重一兩）銀朱也很難找到了。今日用『一硫化汞』替代。」

於非闇在書中第二章《中國畫顏色發展的情況》裡說到北魏、東西魏遺存後世的繪畫功績，認為絕大部分在敦煌莫高窟。書中稱莫高窟內的「主色是礦物質的彩色，輔色是用脂脂、藍澱、草綠等植物質顏料。配合的間色，有的使用銀朱、黃丹合粉。現在我們看魏代的壁畫，如伎樂、飛天等，有的變成了黑人，那就是銀朱、黃丹合粉，日久變色的緣故。」

歷來，銀朱是古建彩繪、神像彩繪的重要顏料，能夠入漆的銀朱甚至稀有。於非闇進而在《畫像彩畫用色》一節中寫到，「據北京的彩畫工人劉醒民談，他們使用的顏色如下：一、正尚銀朱（正尚是商標名。中國入漆銀朱，不易找到）。二、日光銀朱（日光是商標名）……」這其中的「正尚」就是正尚齋。

再有，中國書畫最講究用極品朱砂印泥，如果沒有朱砂，也可以用銀朱代替。

製作印泥時，先用泉水把銀朱淘洗，銀朱裡所含的油質，經過洗滌自然會漂在水面，細心把浮油撇去，等銀朱曬乾，即可應用。此法叫「飛銀朱法」，古法認為飛銀朱所用的水，以山泉為最，河水次之，井水又次之，雨水礬水是不能用的。要注意的是，朱砂制印泥，不可摻入銀朱；銀朱制印泥，也不可摻入朱砂，假如兩者並用，印色也會變黑。

順便說說朱砂與銀朱。僅看顏料實物，常人難以分辨二者。明人宋應星在《天工開物》中記：「凡朱砂、水銀、銀朱，原同一物，所以異名者，由精粗老嫩而分也。」朱砂與銀朱二者從顏色上無法區別，主要區別在於朱砂是天然的，而銀朱是合成的。天然產的以廣東佛山產的「佛山朱」、湖南辰州產的「辰砂」比較聞名，人工製造汞煉的以福建漳州、廣東佛山所制比較出色，二者價都不廉。天然朱砂還有老坑、新坑之分，顏色發紫，色不染紙的是老坑砂；顏色鮮豔，色易染紙的是新坑砂。

沒想到這小小的內票故紙，能揭示出不常為人知的故事，不能不讓人感到一種欣慰。

上洋的洋行與美圖

實話說，一張名為《寶如意》的老商標畫在收藏冊中已存放十幾年，始終顧不上仔細研究它。為何？歷經歲月周折的《寶如意》實在有些殘破，右上角缺失一塊，有礙觀瞻。再有，畫面不可謂不漂亮，但所顯現的史料資訊乏善可陳，讓人一下摸不出頭緒。

我是在舊書市淘到的它，當時買過攤主的故紙，人家白送了這張「不成樣子」的《寶如意》。它原本貼在一張舊包裝紙上，旁邊還粘著另一個豎長條深藍色紙標，其上只有「上洋利盛洋行」五個金色楷體字。

如今已不被人提及的「上洋」是哪？難道是「十里洋場」大上海？此名稱最先引起我的興趣。上海得益于海洋。明代弘治年間的《上海縣誌》中稱：「其名上海者，地居海之上洋也。」上海別稱「上洋」直到清末民初還流行於民間。例如，清光緒四年（一八七八）上海慶榮銀樓在《申報》刊發廣告稱：「本樓開張上洋老北門外大馬路拋球場南首，座東朝西石庫門內。」進入二十世紀二十年代以來，隨著社會生活進步，「上洋」一說逐漸淡出語言與文字。

White
Horse
CIGARETTES

上海較早開始接觸西洋。道光二十年（一八四零）英國軍隊靠堅船利炮打開中國大門，此後的道光二十二年（一八四二），根據《南京條約》，上海與寧波、福州、廈門四地被迫開埠，成為我國最早開放的通商口岸之一。於是，經營進出口貿易的外國工商企業——洋行相隨落地上海。道光二十三年（一八四三）英國首任駐滬領事巴富爾到任不久，原來在廣州從事鴉片販運的怡和、寶順、仁記、義記、廣源等幾家英國洋行緊隨而至，開洋行賺錢財。此後，歐美外商蜂擁而至，我們要說到的英商利盛洋行便是其中之一。

洋行代理範圍較廣，通常採用販賣、以貨易貨、試銷、現貨推銷、訂貨、拋售期貨、賣路貨（運輸途中的貨）、拍賣等經營手段，有些環節要收取一％至五％的傭金。早期，除了鴉片貿易，洋行多代理歐美廠商的紡織品在上海（並輻射中國）傾力推銷，進而換取我們的金銀、絲綢、茶葉等。到了十九世紀七十年代，大小洋行從西方販運到上海的布匹、呢絨、日用品等迅速增加。有資料顯示，以棉布進口為例，同治六年（一八六七）是四百多萬匹，到了同治十年（一八七一）已達到一千四百多萬匹。

「寶如意」是利盛洋行棉布使用的商標，商標畫構思設計可謂入鄉隨俗，工細且漂亮。十六開大小的畫面中畫著五個身穿各色彩衣的童子，他們手裡捧著碩大的金元寶、金如意等，正從外面興沖沖歸來，其中兩個娃娃將這些寶貝放進了自家的大櫃中，實乃大發財源的日子。再看畫中月亮門外，綠樹掩映，好似花園，管窺如此家宅該是非富即貴吧。《寶如意》的繪畫、印刷工細，見人物眉眼清晰傳神，用色鮮豔，有些地方還特別加印了厚厚的金粉，久存百年至今依舊熠熠生光。其實，品牌取名「寶如意」也不乏一語雙關的之意，即利盛洋行的棉布包您稱心滿意。心思討巧，畫面引人，權且廣而告之。

俗話說：強龍鬥不過地頭蛇，洋行在東方做生意離不開買辦階層。買辦是清末民初幫助歐美商人與中國進行雙邊貿易的中國商人，他們通常有不錯的外交與外語能力，受雇于外商，起到雙向溝通的經紀人作用。另外，買辦往往有自營的商鋪，獲利頗豐。據《上海對外經濟貿易志》顯示，利盛洋行的買辦名叫步益增，他本人開設有協洋棉布號，是「洋布幫中營業額最大」的一家。

數九寒冬得「汽水」

冬練三九，夏練三伏，是說幹勁與意志，若套用到逛攤淘寶上或許也不為過。老玩家都有體會，逛的過程中常有「意外」出現，亦或「奇跡」碰頭彩，讓人興趣大增，如此一來二去就生了所謂的「癮」，如此便有了不分寒暑逢集日必到逢攤市必逛的「蟲」。一張老天津汽水商標的得來，就在前年最冷的大寒時節。

滴水成冰的日子啊，已是上午九點多，舊貨市場上的地攤仍不多，零散的十幾個攤販也被凍得哆哆嗦嗦。我摘掉手套蹲下翻書，不一會兒手就有點麻木了。在某攤見到本薄薄的舊菜譜，書中還夾著一張小紙片，只有火柴盒大小，中英文相參，挺老氣。無論紙片詳情是啥，暫不露聲色，掏兩元錢買下舊書即是。待回家定睛一瞧，哈，自己差點笑出聲來，原來是早年山海關汽水公司初創期的小商標。

可樂自一八八六年在美國發明以來，一直領跑著世界時尚飲料的步伐，充滿了陽光與活力。在中國，天津人一九一八年就率先嚐到了原汁原味的可樂，後來還喝上了果味汽水，堪比如今的時髦。

清末民初的天津是北方最繁華的開埠城市，緊隨世界脈搏的新生活風氣與上海、廣州交相輝映，吃喝穿戴當然講究。一九零零年，英商山海關汽水公司在天津建廠，同時為可樂在十幾年後進入中國提前搭建了平臺。

一九一七年的時候，美國的可樂飲料公司將目光投向了中國發達城市的時尚一族，並翻譯了好聽的中文名字。當時，天津《大公報》上的一則消息很引人，可口可樂出口貿易公司董事長訪問天津時對記者說：天津市民現在每天都有美國香煙可吸，到明年夏季之前便有美國汽水喝了。如期而至的可樂由山海關汽水公司代理銷售，促銷之勢鋪天蓋地。三十年代的一幅廣告很經典，廠商針對年輕人追求美味與渴望溫馨的風尚，在海報中填滿了紅暖的燈光，一位身著華美衣裙的女子坐在酒吧的一角，她優雅地輕握著一杯可樂，多情地望著你，似乎喃喃道：「喝了這杯再說吧。」可謂誘惑十足。

山海關汽水公司還不斷推出楊梅、橘子、蘋果等各種果味流行飲料，滿足青年人日新月異的品飲需求。他們推出的猜謎、抽獎活動與廣告接二連三，並在一些價廉物美的文具、日用小商品表面印上品牌標誌，贈送給顧客。新奇的口味和小恩小惠很快就吸引了大量消費者。

別看溥儀身為清遜帝，但他很時髦，新奇的山海關汽水曾擺上了他婚宴的餐桌，成為「國飲」。一九二二年十二月一日，末代皇帝在紫禁城舉行大婚典禮，三天後，溥儀與皇后婉容在乾清宮西暖閣設宴招待國內外來賓。「前一天從六國飯店訂的牛奶蛋糕、麵包、奶油布丁、沙丁魚、牛肉、雞肉、鴨肉等擺滿圓桌，法國香檳酒、五星啤酒、山海關汽水杯盞交錯。」

婚後的溥儀更喜歡到宮外遊玩，比如一九二三年盛夏他就數次蒞臨景山。八月一日的《順天時報》以《清帝遊山》為題報導說：「清帝宣統昨日午刻偕同清後，淑妃，禦弟溥傑，率領御前侍衛……出神武門，遊覽景山，參觀北京全景。並在中亭上飲食啤酒，汽水，餅乾，頗有興趣……」

這張山海關牌楊梅汽水貼標能完好保存下來實屬不易，因為貼在瓶身的這種商標隨空瓶返廠時大多磨損或被洗刷掉。歲月遺存的顯現有時就是這樣不可思議，當好好珍惜。

《良友》魅惑

昔日，曾有一本畫報承托著一座城市的傳奇故事；滿載著時尚男女的浪漫生活，它就是《良友》——近代中國無出其右的雜誌。今天，當你再一次翻開它，精美的畫面依舊能帶給我們帶來直

面歷史的愉悅，正所謂「故紙溫暖」。

一九二五年七月，來自廣東臺山的只有二十五歲的伍聯德跑到上海灘謀生活，他毅然決然地選擇了出版印刷業，開辦了良友印刷所。一九二六年二月，《良友》畫報創刊，伍聯德自任主編。《良友》迅速瞄準了十裡洋場的流行生活，每期（抗戰期間除外）都以明星美女做封面，雜誌內容包羅萬象，市場定位精准，發行量與日激增。

時尚生活離不開廣告，商人推銷青睞廣告，傳媒運營得益於廣告，三位一體，這便催生了《良友》廣告的花花世界。

化妝品好似女人的半部生活史，《良友》上的脂粉氣香豔撩人，魅惑難擋。老牌子「旁氏」對女讀者殷殷地說：「旁氏白玉霜，細膩滋潤，色白香濃，常擦可免皮膚乾燥皴裂或因日曬風吹變色，用作粉底最佳。」當年號稱「風行世界七十餘年」的「西蒙」品牌在廣告中這樣標榜著自家的香粉蜜：「歷史如此之久，質地之精可知！與西蒙香皂合用，日以為常，行見玉貌增妍，屬於第一流之美矣！」

進入二十世紀三十年代，摩登女子已開始注重美甲，進口的相關商品也擺在了上海、天津的永安百貨、先施百貨、勸業場、中原公司的櫃檯裡。蔻丹牌美甲油通過《良友》告知小資們：其顏色「經久不褪，特別光耀，全球馳名。」和今天一樣，今紅明綠的潮流易變，女子的喜好也易變。「蔻丹」對此早有準備。「欲去指甲上舊有之油蹟，婦女界咸樂用蔻丹油質潔甲液。因其含有特種油質，不使甲膜乾燥，指甲脆薄。」指甲再好看若沒有迷人的身材也算不得十足的美女，於是，《良友》上的減肥藥來了：「君感肥胖之若耶？請用治療肥胖病之聖藥——離胖利生。」藥品名稱直白有趣。的確，遠離肥胖，有益生活。

近代以來，沿海發達城市的交際生活日益頻繁，身體的氣味是不可不重視的細節，商人們對此心知肚明，於是有人在《良友》上推銷說：「用雲鵬氏漱口水，口腔清暢，牙齒潔白。」「此嫵媚之女子，深知其嬌美無懈可擊，則因伊使用脔多露狐臭水故也。」

二十世紀二三十年代海上浮華城市背景下的《良友》畫報，不僅關注著軍事政治、經濟建設、國際動態，也濃墨重彩傾注于藝術文化與社會生活，同時在消費文化的引導，以及都市公共空間的營造等方面做出了卓越貢獻。《良友》上五花八門的廣告扮演了其中的重要角色。

從一定層面上說，廣告對時尚生活的拉動作用不可小覷。為迎合潮流，吸引讀者目光，《良友》的封面與中間彩頁一直在打著明星美女、淑媛閨秀的「靚牌」，廣告同樣如此，讀者總不免先在這樣的畫面上多看上兩眼。當年，有一位選秀明星叫錢蓮蓮，《良友》上的三花牌香粉廣告很快刊登了她的玉照，相隨的文字說：「錢女士，上海高等女學畢業，有聲於交際界，容顏秀麗，性情和善，人皆羡之，最近在國際飯店國服化裝宴舞會中以其服飾美貌榮膺冠軍。」蝴蝶、徐來、周璿、王人美等眾多演藝明星代言的廣告也樂意投放到《良友》，因為她們的新聞與照片會不時出現在這本畫報中，彼此相得益彰，宣傳效果事半功倍。

別問我是誰

記得那天已是小雪節氣，可天津並不算太冷，陽光還不錯。照例去逛舊書店、舊書攤，剛一到就遇見老朋友小S。小夥是本地人，我和他最初是在某故紙收藏交流QQ群認識的。小S老遠就望見我，在人堆兒裡高喊了一聲：「大哥，廣東的老L來賣貨啦！」這話令我不免一愣，心中暗想：千里迢迢，難道真是他麼？

在那個QQ群裡，老L比較活躍，常常會展示漂亮的藏品，引來眾人點贊。我早就注意到此君，但從未有過交流，僅算神交罷了。我問小S：「真是他？帶來的故紙咋樣？人在哪擺攤？」小S眼光放亮地對我說：「東西確實好，真勾人，可價錢普遍太高，難拿啊。他就在大樹下正賣著呢，從一早就不斷有人圍觀。」說實話，天津古玩市場、舊書市場的火爆程度在全國也算得上屈指可數了，然而多年來專售老廣告、老商標等故紙的店主、攤販可謂鳳毛麟角。所以，無論價錢高低，我都要儘快去看一看。

與小S暫時分手，我無心觀瞧別的攤子，徑直找尋老L。雖然彼此不認識，但我認為故紙該是自會「說話」。見一人的地攤上攤開著七八本收藏冊，除了厚厚的老廣告、老商標冊子之外，他還出售老煙標、酒標、門券、畢業證等。打量此君，

中等身材清瘦，頭戴卡其色平頂短簷風帽，防霧霾的活性炭口罩遮住大半臉龐，細框眼鏡後的一雙眼透著精明勁兒。難道此君真是老L，只聞其名的老L麼？

「有沒有搞錯，這個價錢怎麼可以出手哇……」我不動聲色地站在一旁，見四五個人正蹲在老L的攤子前挑藏品，有的在砍價，有的正抽出故紙反覆觀瞧。「小心一點啦，紙張很脆呀，可不要搞壞……」老L似乎有點照看不過來的匆忙狀。某男翻看了好一陣老商標畫的冊子，我是不便急於上手「搶」的，恰可定定心神先慢慢覬覦著，也順便瞭解一下賣家做生意的性格大略。推算，大小幾冊中約有百多張老廣告、老商標故紙，憑自己的收藏經驗感覺，收集到這些想必不是一朝一夕的事。

正像小S介紹的，冊子裡的貨確實饞人，我當然不願放掉，甚至有些罕見的「熱血沸騰」之感，然默默一再提醒自己要理性、要克制，謹記「衝動是魔鬼」那句俗話。隨後見一人選來選去挑了一張美人圖，老L開價果然「鋒利」。那人終於放下了冊子，我瞅准機會，迅速向前俯身接續拿起，如此這般我就可以慢慢欣賞了。我坐在小馬紮上，手裡捧的好似自家寶貝一樣，流覽一番，發現其中大部分故紙我已收藏或存類似品種，但有十幾張令我尤其動心。

類似情況，花花綠綠中一一問價，到頭來揀選出冊子時，也許彼此皆有可能亂花眼，也許賣家還會臨時亂要價，等等情狀不好預判。我邊看邊琢磨對策。「你有廢紙麼？」我忽然抬頭問老L。「沒有啊，要那個做什麼？」我並沒解釋，索性在臨攤找來一條報紙邊，又撕成十幾張小條，穩穩當當逐個夾在我基本相中的畫頁間。此舉，引來老L匪夷所思的目光。在挑選的過程中，我身後仍不斷有買主或逗留或圍觀或對品頭論足。

我站起來走到老L近前說：「喏，選了一些。」老L不知我接下來要說什麼，連忙應承：「好商量的。」這時，我湊到他的耳旁，低聲道：「我知道你是誰，你有些名氣的。但我？你肯定不認識，成交後我再告訴你也不遲。」這話引起老L的更深狐疑，「哦，還有這事？」

賣與買本該兩廂情願，我緣何出此「怪招」呢？其實這也出於無奈。一是欲購進的品種多，生怕被「宰熟」或「殺虛名」；二是周圍來來往往人較多，我們彼此報價、劃價不方便公開喊出。我指了指那些小紙條對老L稱：「這樣吧，我要哪張，你就說個價錢，我會記在紙條上，以免最後混亂。」他也連稱這個辦法好。「誠意買，希望報價儘量靠譜些。」我又叮囑了一句。始終沒有摘掉口罩的老L用「詭異」的目光望瞭望我，又嘟囔了一句：「你這傢伙到底是誰？行吧，價錢有數的。」

就這樣，我倆肩並肩，我指一下冊中美圖便示意他報個價，我即寫在對應的紙條上。「兩百六」、「一百八」，口罩背後的聲音很輕，小到只有我能聽到，彼此神神秘秘，像搞什麼見不得人的勾當一樣。期間，有個大眼男子湊近我身邊伸長脖子看我筆端且聽他報價，老L見此即止語。那人想買？想學門道？不得而知。過了一會兒，小S也溜達過來了，他大聲說：「嘿，你們哥倆兒果然見面了？」豈不要「壞事」，我急忙打斷了心直口快的小S一語，告訴他：「先別告訴老L我是誰。」此刻，老L眯著眼再問：「到底是哪位呀？」

我總計挑了十幾張老商標畫，說實話，老L的報價基本靠譜，感覺比之前我看到的一幕幕報價要低，我從心理上尚能接受。細談中，經過權衡，貌似可有可無的四張被我理性且果斷地撤出紙條，算作放棄。最後反覆核算了總價，進而商價又降二十％左右，我們愉快成交。

在所購的這批故紙中，有我尋覓多時的二十世紀二三十年代的梅蘭芳牌紡織品商標畫，品相很好。我曾在網上見過此圖，在自己的文章、專著中也幾次論及京劇大師梅蘭芳與商業廣告的關聯，所以對此故紙可用「望眼欲穿」來形容。如今低價淘得，真乃大喜過望。還有廣東的「文王商標」和上海的「太公釣渭圖」品牌兩張商標畫，細品其中薑子牙與周文王的歷史故事，頗感意趣所在，其實在眾多故紙中揀選的時候並「無心插柳」。再是「九九九三不怕」色布商標畫、陰丹士林布「雲想衣裳花想容」廣告畫等，也極具看點與內涵。

老L接過一遝錢，迅速揣進口袋，生怕別人瞧見他又進財了，因為今天的生意實在太好。他對我說，以後熟識了也可買我的複品或相互交換也行，「我喜歡一路走買買賣賣，物資流通嘛。」聽這話，我來了精神，包裡恰巧帶著兩種七八張老商標畫呢。「好啊，那你瞅瞅這幾張。」老L看了看連連稱是，他說他並沒有類似品種。「老兄喜歡冊子裡的哪一張隨便挑好了，我們交換。」前一陣粗選時就在大冊子裡看上一張愛耳染色（染料）的旗袍美女廣告畫，我於是指了指問：「就換這咋樣？」「好有眼力！你到底是誰？」老L提出需用四張故紙換《美人圖》，我爽快答應了。殊不知，我在幾年前收進時相對廉價，而他的《美人圖》在剛才朝旁人開價近千元。

亦買賣亦交換，皆大歡喜，該是向人家「揭謎底」的時候了。當我輕聲道出自己在那個QQ群的網名，話音未落，老L立即給我一個深深地擁抱，我倆異口同聲：「相見恨晚！」與老L談笑風生著，我還朝他哼了句歌詞：「別問我是誰，請和我面對……」

老L接下來還要乘坐午後的火車趕往濟南舊物集市。我們一邊聊天，他一邊收拾攤子。此刻，有個人又走到攤子前，自稱猶豫了一陣還是想要先前看過的一張名為「陸海空色布」的商標畫。此故紙漂亮、少見，我也注意到了，心裡更饞。買家出到老L報價的七折錢數就不肯再加價，結果沒談成。買家轉身離開，老L已迅速將冊子收進旅行箱，我忙說了聲：「慢，拿出來吧，加十元錢歸我。」老L笑了笑說：「薑還是老的辣。好吧。」

玩收藏，特別是在熱鬧的藏市淘寶，有時需要點智慧。逛攤的樂趣大抵如此，幾乎每週都可能出現你猜不到、看不夠的舊書、故紙，還有那些人、一些事。

遭遇坐地漲價

「嘿，哥們兒，你這張《玉虎》要多少錢？」見那攤主正忙著從包裡往外折騰舊書舊報，頭都沒抬便悶聲說：「給八十塊錢得了。」我覺得還不算貴，於是蹲到地攤前仔細端詳端詳故紙。它品相上佳，是二十世紀二三十年代山東濟南永昌織染廠的玉虎牌商標畫。「便宜點吧，我要了。」攤主一聽來買賣了，馬上停手仰臉看了看我，此刻，他愣了一下朝我問：「你是？你是那個專門研究老廣告的？叫嘛名字來著？」他急急拍著腦門，不停地嘬著牙花子，「呵，怎麼就想不起來了呢！我好像在電視上見過你……」我說：「咱先別說認識不認識的，這小畫給個最低價吧。」「嘛玩意？還劃價？我剛才說錯了，你若要，最少也得一百八十塊！」聞此，我簡直賽丈二的和尚摸不著頭緒了，心想這比搶錢還狠……

這些年閒逛舊貨攤淘故紙，見過不少攤主看人下菜碟兒或坐地漲價的情形，當然也多次遭遇過。類似伎倆在民間收藏市場時有發生，曾耳聞一段趣事：說天津有一文化名流，其外形特徵顯著，早年就愛逛瀋陽道古舊物市場，一來二去被商販們「瞄上」了，賣家但凡見他走過來，往往會相互使使眼色暗暗咳嗽一聲，做好準備只待他開口尋價。比如找普通人要五十塊錢的東西，只要他上眼瞧、上手摸，那價錢必多加個「零」。可攤販自有道理，覺得此人看上的物件想必會有點價值。三番五次，那名人也心知肚明，後來索性自己看好東西先不言語，然後找「陌生」玩家代收代買。話說沒有不透風的牆，日子長了，攤販們也都知道了誰是專門替那名人「抓貨」的，至於價錢，當然又漲上來。

人要有自知之明，我不會攀名流一枝，對故紙的購藏只是從喜好到癡迷罷了。儘管八十元旋即變成一百八十元，明知道自己要「被宰」，但我還是從心裡想得到《玉虎》圖。特別是那年當時正值歲末，大家都在翹首以待虎年新春的到來。

我與攤主軟磨硬泡，最終議價收進《玉虎》故紙，也算大吉大利迎新年吧。

說起老虎，素有「百獸之君」美譽，早在新石器時代就開始被人們神化了。古人崇拜神獸，比如一九七六年發掘的殷墟商代婦好墓中有八件玉虎，造型與工藝繁簡不一，但都是虎虎有生氣的威猛樣。另外，古代虎符（兵符）也是伏虎狀的，是帝王授重臣兵權的重要憑證。一件虎符分左右兩半，左半交將帥（或地方長官），右半由朝廷保存，調兵用兵時必須左右扣合完整才有權發號施令。西元前二五七年，秦軍進攻趙國，兵臨邯鄲城下，趙國求魏楚兩國搭救，魏國計畫出兵十萬救趙國……接下來就上演了竊符救趙的故事。

青龍、白虎、朱雀、玄武是人們耳熟能詳的「天之四靈」。民間俗信虎神能驅妖鎮宅，因此自古以來人們便喜歡在青銅、玉石、瓦當等器物上裝飾虎獸紋樣。老百姓更將老虎當成孩童的保護神，或孩子名中帶「虎」字，或讓娃娃穿虎頭鞋、戴虎頭帽、佩虎玉件等，希冀孩子健康長大，活潑開朗。如今，收藏市場上五光十色的玉虎、瓷虎、銅虎、石虎、虎圖屢見不鮮，個個雄姿勃發，呼之欲出。民俗觀念認為老虎是祈財運、加官運的吉祥物，有強者風範，身手不凡。

紅樓人物為廣告代言

春光明媚的假日裡閒逛舊書店、舊書攤，為淘故紙，更為曬太陽。收穫無多，僅尋到一枚老香煙牌子，卻是小喜悅，因其題材內容素來炙手可熱——古典文學名篇「黛玉葬花」的畫面。「花謝花飛飛滿天，紅消香斷有誰憐？遊絲軟系飄春榭，落絮輕沾撲繡簾。閨中女兒惜春暮，愁緒滿懷無釋處；手把花鋤出繡簾，忍踏落花來複去……」眾所周知《葬花吟》是《紅樓夢》最成功的詩篇，是林黛玉感歎身世遭遇全部哀音的代表。

這枚香煙牌子是二十世紀二三十年代英美煙公司推出的，正面是黛玉葬花圖，背面是「哈德門」香煙廣告。舊年，香煙牌子小畫片（也稱煙畫、煙卡）作為香煙的附屬品，具有一定的廣告促銷作用。

古典文學名著《紅樓夢》膾炙人口，各種相關題材的藏品素為收藏熱門，讓人喜聞樂見，之於老廣告老商標而言同樣如此。我在二零一六年七月大型商標交流拍賣會上競得一張「紅樓夢」故紙，是二十世紀二三十年代河北高陽瑞成亨記棉布號所屬的品牌商標畫。畫中花園裡，被紫鵑輕扶的林黛玉更顯柔弱多愁之態，畫家較好地再現了曹雪芹的筆意——她為流淚而來，是一部悲劇。又如早年安東市（今丹東市）同義染廠的布匹名叫「石頭記」牌，商標圖上的寶玉、黛玉正坐在大觀園裡的太湖石前說著溫情話。小畫邊框裝飾著圓月、飛燕、蘭草等，進一步渲染著主題氛圍。

小說中晴雯撕扇的故事最是家喻戶曉。寶玉和晴雯因吵架心生不快，寶玉為博晴雯一笑，任由晴雯撕扇子，此罷，二人芥蒂全消，關係更好起來。二十世紀二三十年代哈爾濱源成東公司監製有「一笑圖」牌紡織品，商標畫中的晴雯正率真含笑地撕著小扇，旁邊的寶玉見狀又殷勤著遞上一柄。不僅如此，上海天申染織廠曾使用過「寶玉圖」商標，同以晴雯撕扇為商標畫面。二者的差異在於，「一笑圖」的背景環境是大觀園涼亭下，而「寶玉圖」則在怡紅院屋內。類似的「室內劇」還有更出色的，如老上海月份牌畫高手杭穉英曾《晴雯撕扇圖》月份牌畫，對開尺寸，也是怡紅院內景。奉天（今瀋陽）太陽煙公司以此當贈品為載體，畫面上端是公司名稱，下端寫有「請吸白馬牌、足球牌香煙」等字樣，左下角還畫著這兩種香煙。佳作人人愛，舊年名家畫稿「一女許配多家」的現象實屬正常，比如這幅，它還曾被上海滙明電筒電池製造廠相中，畫面四周為明黃色裝飾，兩側是手電筒、電池圖，廣告形式感突出。

「五四運動」前後，南洋兄弟煙草公司著力推銷「大愛國」牌香煙，「同胞注意：君用一份國貨，即為國家挽回一份外溢之權利。明乎此者，請吸南洋公司各種國貨香煙」，如此彰顯拳拳之心。一九二四年該公司以上海著名畫家周柏生繪製的條屏式《晴雯撕扇圖》為載體，宣傳「大愛國」等品牌香煙，畫中環境也是大觀園涼亭下，晴雯坐在石鼓凳上撕扇，寶玉站在涼亭下，他的丫鬟麝月也在一旁觀瞧。由於畫風原因，畫中人物的描繪顯得比較沉靜，不及上述兩幅活潑。

「花謝花飛飛滿天，紅消香斷有誰憐？遊絲軟系飄春榭，落絮輕沾撲繡簾。閨中女兒惜春暮，愁緒滿懷無釋處；手把花鋤出繡簾，忍踏落花來複去……」眾所周知《葬花吟》是《紅樓夢》最成功的詩篇，是林黛玉感歎身世遭遇的全部哀音的代表。通過研讀故紙藏品發現，「黛玉葬花」的故事似乎最令商家、畫家青睞，所以更多出現在廣告與裝潢中。

二十世紀二十年代初，同樣為推銷「大愛國」香煙，南洋兄弟煙草公司請周柏生繪製了一幅月份牌畫，畫中是大觀園沁芳閘橋畔的景致，黛玉坐在桃樹下假山石上，石上倚著花鋤，她的左手輕輕扶在花鋤上。剛才正在讀《會真記》的寶玉呢？他站立一旁，似在聽黛玉喃喃道：「那畸角上我有一個花塚，如今把他掃了，裝在這絹袋裡，拿土埋上，日久不過隨土化了，豈不乾淨……」值得一提的是，自一九一六年一月梅蘭芳在北京吉祥戲院首演新戲《黛玉葬花》以來，獲得空前反響，梅蘭芳飾演的林黛玉形象由此在觀眾心目中留下了難以磨滅的印象。最具典型性的是《梅蘭芳扮演黛玉葬花圖》，此月份牌畫由英商亞細亞火油公司推出，畫面左右附一九二七年新年曆。當時，該畫專為推銷蠟燭（洋燭）而發行，畫中的黛玉形象與京劇中梅蘭芳的扮相如出一轍。

異曲同工的還有老天津估衣街德春林香粉莊出品有「梅蘭芳」牌香粉，包裝盒上是梅蘭芳演黛玉葬花的畫面。奉天北門裡春生茂糖果莊出品的果露糖也叫「梅蘭芳」牌，包裝袋上為京劇梅版葬花圖。遼寧營口熊岳榮增祥針織廠出品的機織絲襪名「黛玉」牌，商標畫面如出一轍。直到二十世紀七十年代末、八十年代初，河南安陽火柴廠推出過一套《紅樓夢人物》火花，十六開大小的封箱標上依舊畫著黛玉葬花圖。順便一說，我收藏有一個「黛玉」牌香皂鐵皮包裝盒，它是二十世紀二三十年代上海中華興記工廠出品的，盒面上畫著黛玉執花圖，立邊四周佈滿花草紋樣。

不僅如此，《紅樓夢》的其他情節也被悉數繪入老廣告畫。先說大場景的畫面。老上海大名鼎鼎的英商元芳洋行曾大搞紡織品貿易，擁有不少自主品牌，「紅梅白雪」即為其中之一。「紅梅白雪」商標畫取材於《紅樓夢》第四十九回「琉璃世界白雪紅梅」，畫工精細，猶如一幅傳統仕女圖卷，引人入勝。若說橫幅長卷類場面最大最熱鬧當數《賈母大觀園賞桂花圖》了，此畫由啟東煙草公司於三十年代推行，畫面橫長一百零八釐米，寬度三十八釐米，是著名畫家倪耕野的手筆。畫中以衣著華貴、持沉香拐杖的賈母為中心，共涉及人物二十五位，粉面佳人們個個身姿窈窕、落落大方，眉目傳情，再看大觀園的景致也被刻畫得絲絲入扣。如此，曹雪芹筆下的喜慶；倪耕野筆下的香豔立時躍然紙上。畫面以古銅色暗花紋為邊框裝飾，像國畫裝裱，左右兩側附加《紅樓韻事》細節文字：「秋爽齋探春偶然起了個結詩社的念頭……次日便去請賈母賞桂花，賈母等都道倒是他會有興頭，須要擾他這雅興，至午，果然賈母帶了王夫人鳳姐兼請薛姨媽等進園來……」圖畫雖妙，但意在推銷，見左右下角分別畫著「欽差」與「金磚」品牌香煙，潛臺詞——賞畫莫忘買香煙。後來，啟東煙草公司只將上述兩包煙替換了一下，仍採用倪耕野這幅力作來推銷「大前門」牌香煙。

類似的橫幅長卷月份牌畫還有杭穉英的作品。畫面內容取自《紅樓夢》第四十一回「櫳翠庵茶品梅花雪，怡紅院劫遇母蝗蟲」，畫面橫長九十五釐米，寬度為四十三釐米。據小說原文故事與畫面描繪，大意是寶玉、湘雲等看著丫鬟們將攢盒擱在山石上，且見有人坐在山石上，有人坐在草地上，還有人靠在大樹上，也有人傍水站著，倒也十分熱鬧。一會兒，鴛鴦來了，她要帶劉姥姥到各處逛逛，眾人也都趕著取笑。大家來到省親牌坊前，劉姥姥道，噯呀！這裡還有個大廟呢。說著，劉姥姥便趴下磕頭。再看各位都笑彎了腰。這裡的省親牌坊頗具看點，它是曹雪芹筆下大觀園中的宏偉建築之一，由漢白玉雕砌而成，牌坊含波抱水，潔白如玉，矗立在沁芳池北岸。畫中可見牌坊後就是元春省親時的顧恩思義殿。這幅畫為南洋兄弟煙草公司推行，畫面兩側是該公司的「長城」、「大聯珠」、「白金龍」等品牌香煙廣告。

啟東煙草公司另有《西廂記妙詞通戲語》一畫，為宣傳「金磚」牌、「欽差」牌香煙而發行。畫面源出《紅樓夢》第二十三回，說三月桃花開的時節，寶玉正在大觀園裡偷偷閱讀《西廂記》，黛玉來後發現，於是也認真閱讀記誦起來。再有，英美煙公司推出過《瀟湘館撫琴圖》以及《寶釵撲蝶圖》等，畫上附加著「大前門」或「老刀」牌香煙廣告。另外，杭穉英也曾作《寶釵撲蝶圖》，後被南洋兄弟煙草公司、煙臺進德會煙行（代理「大東」牌、「美美」牌香煙）選用，成為引人注目的宣傳品。

昔時，香煙牌子小畫片作為香煙的附屬品，具有一定的廣告促銷作用，自清末在我國市場肇始以來，很快呈現出蔚為大觀之勢，香煙牌子畫面內容十分豐富，且重傳統，對中華文化的傳播起到了促進作用。二三十年代，英美煙公司曾大量發行《紅樓夢》《三國演義》《水滸傳》《西遊記》《說唐》《說嶽》等系列香煙牌子，顧客、民眾趨之若鶩。福新煙草公司、南洋兄弟煙草公司都印行過《紅樓夢》香煙牌子，南洋兄弟那套達一百二十枚，早在兩千年上海春季藝術品拍賣會上就以近萬元成交。據二零一三年十月《新聞晚報》報導，上海收藏家馮懿有收藏二十套近千枚《紅樓夢》香煙牌子，與其他「四大名著」香煙牌子一起足謂洋洋大觀了。

不僅僅是月份牌、海報、裝潢商標、香煙牌子等印刷品廣告，《紅樓夢》故事也出現在報紙廣告中。如說瀟湘館中自有怨歎煩心事，這也被商人巧借到廣告中。一九三六年六月，英美煙公司推出一組宣傳「大炮臺」牌香煙的報紙廣告，圖中黛玉在床前愁眉不展，這時，寶玉送上「大炮臺」香煙，相隨的廣告詞稱：「『大炮臺』是解悶兒的妙品。」如此其獨具匠心的策劃怎不讓人拍手叫絕呢。

《美人蜘蛛》圖

二十世紀二三十年代濟南棉紡織業發達，自然衍生出各色商標畫來，仁豐紗廠的《美人蜘蛛》圖便是頗具代表性的一張。我對此藏品覬覦已久，可惜兩次滑手而過。一回是疏忽大意讓別人搶先拿下；二回是參與網上競拍被「托兒」一加再加抬價，乾脆放棄。玩收藏往往看機緣，沒想到《美人蜘蛛》的入手是後來我與藏友交換而得，互通有無，彼此歡喜。

哪怕以當下眼光來欣賞《美人蜘蛛》也夠炫目夠另類：畫中繁花襯底，上浮蜘蛛網，紅豔泳裝女子正是網中的主角。美女燙著二十世紀三十年代最時髦的波浪髮，還特別紮了個金色蝴蝶結，顯得更加嬌甜。泳裝上有細條暗紋，恰與蜘蛛網形成交融之態。蜘蛛？美人？是舞臺上的明星？還是海邊的模特？我們不得而知。她張開白皙雙臂，單腳落地，曲起右腿，淺笑示人，如此情狀足讓觀者浮想聯翩了……

泳裝無疑是那個時代的亮色。辛亥革命後，女界最重要的變革是放足、剪髮、放胸。民國初年，中國女子游泳運動由香港的海浴而興起，後來，「美人魚」楊秀瓊在各大運動會上數獲佳績，成為時代新女性的偶像。二十世紀二十年代末，女子游泳的熱浪迅速北上，廣州、上海、南京、青島、天津、北戴河的游泳館、海濱浴場到處可見身著短小緊身泳裝，曲線婀娜的女子在戲水。女子服飾也在變，越穿越少，局部適度的裸隨之成為三十年代大城市女子的一種時髦。一九三一年的《新家庭》雜誌上已出現「裸裝」一詞：「海上有研究婦女服裝者，更倡打破禮教虛偽的裝飾，而漸趨於西化的裸裝。」裸裝直接刺激了泳裝款式的開放與惹火，恰如近觀《美人蜘蛛》圖，要小心觸網呦。

而這麼時尚畫面的主家卻是一家正牌的民族企業。一九三三年開始籌建的仁豐紗廠位於老濟南後陳家樓北，創辦人為穆伯仁、崔景三、辛鑄九、馬伯聲等。穆伯仁是山東桓台人，清末之時就在濟南濼口開設糧棧，大為獲利，逐漸發跡為當地商界的頭面人物。一九零四年濟南開埠後，穆伯仁在泉城接連創辦糧棧、麵粉廠、銀行等實業，聲望很高，並擔任過當地商會會長。一九三四年中期仁豐紗廠建成投產，約有工人七百多名，初期以紡紗為主，後來增建織染二廠，集紡、織、染於一體，故更名仁豐紡織染股份有限公司，成為當時濟南較大的紡織企業。不久，中國銀行、金城銀行也投入一定資金，仁豐公司如虎添翼，迅速發展，蜘蛛美人牌白布就是在這一時期推出的。

該品牌白布質優價廉，產銷兩旺，重要的是它可與日貨相媲美，並競爭於國際市場。與布匹形影相隨的《美人蜘蛛》商標圖是廠商契合中外市場與時俱進的廣告策略。如今，揣測當時設計者的心思，也許圖中的蜘蛛網表示面料紗質輕盈，美女則比喻面料漂亮。仁豐公司從此名聲大振，被業界譽為「模範工廠」，馮玉祥將軍在一九三六年特為紗廠題寫了「實業救國」四個字。

然好景不長，一九三七年歲末濟南淪陷後，日軍對仁豐公司實施「軍管」及「中日合辦」之策。日商早就看好仁豐公司的實力，他們曾坦言：「像仁豐這樣的紗廠在日本也少見。」一九四五年日軍投降後，國民政府將仁豐公司歸還原企業主並頒發了民營執照。濟南解放後，仁豐公司經過社會主義改造成為國營濟南第三棉紡織廠，走上新路。

結緣「白禮氏」

那年夏天在上海采風，周日清早到文廟舊書市閒逛。在某小攤上閑翻，發現了一張二十世紀二三十年代白禮氏洋燭公司的商標畫。我拿在手裡正端詳著，身旁忽地過來一人，直接就問攤主這故紙多少錢，並嘮叨著「這是老上海的東西，最好還是留在本地」之類的話。我有些不高興，來者似乎不懂規矩了，東西分明在我手上嘛?無論是「托兒」，還是真買家，我喜歡，那就別鬆手。如此這般，接下來便是一番唇槍舌戰與競價，我獲美圖，攤主賺大錢。

說起來，白禮氏還是蠻有故事的。辛亥革命後，西風東漸，外商的蠟燭來到中國，被俗稱為「洋燭」，大名鼎鼎的「白禮氏」洋燭行銷南北，基本結束了中國百姓使用油燈與國產土制蠟燭的歷史。說起白禮氏蠟燭，必須要提及它的東家——亞細亞火油公司。亞細亞火油公司是一九零三年七月在倫敦成立的，由英國殼牌石油公司、荷蘭皇家石油公司、羅特希爾德公司共同出資創辦。一九零六年，上述前兩家公司合併為英荷殼牌石油公司，一舉壟斷了亞洲市場。隨後，英荷殼牌公司相繼在香港、上海派設分公司——亞細亞火油公司，直銷石油產品。蠟燭即為石油產品的重要一項。

清末民初的沿海城市四處充斥著洋貨，上海更甚。日用商品市場同樣是洋貨獨步天下的格局，僅洋燭一項，一九一零年上海的進口量就達一百萬海關兩（一海關兩等於一點一一四銀兩）。於是，嗅覺靈敏的亞細亞公司審時度勢，很快瞄準了東方市場的前景，在上海又開辦了白禮氏洋燭公司。初期，白禮氏公司也生產肥皂，故又名（白禮氏）中國皂燭公司。

關於白禮氏公司的創建時間，史料說法不盡相同。據《上海機電工業志》第一篇第二章中的《工廠選介》表述：「上海糧食機械廠建立於一九五九年，原系英國人白禮氏開設於清宣統三年（一九一一）的洋燭廠，解放後收歸國有並由上海市糧食局接管。」又見《上海對外經濟貿易志》第九卷中的《一八九四年—一九一三年英商新設主要企業一覽表》顯示：「白禮氏洋燭公司創建年份：一九一二年，資本額：六十萬英鎊。」另據《普陀區志•大事記》載：「一九一七年英商白禮氏洋燭廠在勞勃生路南側（今長壽路一九號）建成投產。生產洋燭和肥皂。」

白禮氏公司產銷兩旺，旗下有水牛牌、百合花牌、樹牌、紫薇星牌等多個品牌，借助亞細亞公司在中國龐大的多層次的銷售系統，以及專屬船隊、專用碼頭等，銷售網自然暢通無阻，洋燭之光亮遍全國，近乎壟斷態勢。

此次在上海淘到的「水牛」商標有趣味，商標中有一古代武將騎在牛背上，他手持燭臺，上有三支蠟燭，燭光通明，照亮著前行的路。廣告文稱：「白禮氏洋燭著名全球，曾獲各國賽會獎牌九十三面。所出貨品均系選用上等材料，故能精美無比……專家監督，燃點經久，絕無惡味，又不彎軟。」

白禮氏洋燭的產品進步在何處？備受歡迎的優點到底在哪呢？我另外收藏有白禮氏百合花牌洋燭的廣告，解讀廣告文字可知幾點：便於攜帶；不必考慮轟發（爆炸），所以在照明過程中無需專門照顧；光亮大，火頭潤，不出煙，無惡味，且不傷眼睛。廣告中，還單列一行專門說：白禮氏洋燭用起來很方便，絕無電燈短路打火、煤油燈翻到等意外帶來的種種危險。有了這些過人之處，白禮氏便信誓旦旦地宣稱「馳譽萬國，無出其右」了。

滄桑歲月話「泰來」

二零一五年五月十日收集到一張二十世紀四十年代的明信片，是一家名叫「新天津」的飯店發行的，單色印刷，簡潔大方，可供賓客使用，意在廣告宣傳。說起老天津的這家飯店，故事頗多。新天津飯店的前身為泰來飯店，建於二十世紀二十年代，位於英租界維多利亞道與博目哩道交口（今解放北路與彰德道交口），即時下天津第一飯店的位置。

關於飯店大樓的建造時間，據《天津通志・租界志》之「房屋建築」篇記載：「一九二九年建成一期工程，即五層樓房部分。一九三六年擴建二期工程，即六層部分。」再有，《天津通志・城鄉建設志》之「綜述」篇中也有「一九二八-一九二九年建」的類似表述。然二零一二年二月十七日《今晚報》在頭版以《天津第一飯店在提升改造中陸續發現了多件文物》為題發消息：「這家始建於一九二二年的飯店，在上世紀初與隔街相望的利順德飯店比鄰而居，共同接待著來津的外國人。」至於「一九二二年」的說法，我推測該不是記者空穴來風，應源自官方資料。

我手邊的這張明信片正面是新天津飯店的外觀圖，線描工細，清清楚楚。該飯店由比利時儀品公司設計（還設計過法國東方匯理銀行天津分行大樓），為鋼筋混凝土框架結構，沿街呈L形，占地面積一千八百平方米，建築面積七千平方米有餘。五樓外簷可見外挑式通長陽臺，上設透空花格式女兒牆。樓宇轉角處的三層、四層加設獨立陽臺。大樓整體外觀為黃褐色麻面磚與水刷石方壁柱相間的裝飾效果，有西歐古典建築思潮的遺風，但相對不多，流露一種不事張揚的內涵。飯店主入口設在街角繁華處，主樓內有天井，採光效果較好。樓內裝設兩部奧迪斯牌電梯，上下便捷。大樓一層為大型餐廳與商業用房，二層、三層是旅店，四層以上為公寓式客房等，功能完備。

「泰來」之名緣何而來？飯店由英國籍印度人泰萊悌（S.B.TALATI）和英國人萊德勞（LAIDEAW）共同出資興建，遂以他們名字的首字來命名。泰萊悌一八七九年出生於印度孟買，一九零零年的時候隨八國聯軍中的後勤保障隊來到中國，初入天津。起初，泰萊悌在兵營裡開了間小雜貨店，他聰明，能吃苦，且能講流利英語，於是很快就賺到錢。此後，泰萊悌在天津德租界二號路（今廈門路）以南的空地上蓋起幾間房，同時購置幾架馬車，開辦了永昌泰車行，作起租賃生意，進一步積累資本。一九零八年左右，泰萊悌在維多利亞道朱家胡同（今大光明橋附近）租下門面房，創辦了永昌泰洋行，經銷中外名牌煙酒、罐頭、咖啡等，以及英國的小五金工具（貨源或從英國兵營套購，或直接進口），不久又陸續在北京、上海、香港開設分號，可謂日進鬥金。那麼，泰萊悌開辦一家像模像樣的飯店也就成為順理成章的事了。

泰來飯店開業幾年後，泰萊悌與萊德勞因供水設備改造問題發生分歧，泰萊悌買下萊德勞的股本，開始獨攬經營權，這也就有了接下來的擴建工程。

泰萊悌在飯店初創的同時還加速了在其他領域的投資。一九二八年，他與平安電影院老闆合作，在朱家胡同一帶興建了蛺蝶影院（今大光明影院），堪稱當時天津設備最好、座位最多的影院。影院放映美國好萊塢新片，觀眾紛至沓來，在附近居住的軍政名流也是常客。泰萊悌又在北京、北戴河等地連連投資購房，再轉租獲利。此後，腰纏萬貫的泰萊悌如願加入英國國籍，成為在天津小有名氣的「英國紳士」。

關於飯店的「泰來」二字，屬音譯範疇，目前常見「泰來」與「泰萊」兩種提法。文史專家周利成檢索了大量原始檔案，其中絕大部分為「泰來」標稱。我見過另一張該飯店的舊彩色畫片，左上角也清晰印著「泰來飯店」字樣。

泰來飯店是老天津高級飯店之一，恰與近鄰利順德飯店、英國俱樂部（英國球房）乃至小白樓商圈形成呼應，不愁客源。《天津通志・租界志》之「餐飲服務」篇中說：「天津租界早期的餐飲、服務業多集中于英租界……其中較為著名的有：利順德飯店、皇宮飯店、泰來飯店、英國鄉誼俱樂部、維克多力餐廳和西湖別墅等。」

一九三七年七月北平、天津淪陷後，為了推動全國抗戰，進步組織在市內建立多個聯絡站，也在泰來飯店租下房屋，作為南下知名人士和領導幹部的中轉站，並利用飯店的汽車接送人員。當年八月，鄧穎超同志曾入住泰來飯店，從這裡到塘沽登船至煙臺，輾轉到達陝北。

饒有意味的是，本人手邊的這張明信片並未郵寄使用過，而是在後來輾轉到某機構，因為這張卡片的背面被再利用而成為「天津革命史展覽徵集『必展品』登記卡片」，繁體字手工油印，登記部門一欄署「社」字，使用時間大致為二十世紀五十年代初。

隨著一九四一年十二月太平洋戰爭爆發，泰來飯店、永昌泰洋行、蛺蝶影院等皆被占津日軍接管，泰來飯店改名為新天津飯店。泰萊悌其人也被押進山東濰縣集中營。日本戰敗投降後，美軍將包括泰萊悌在內的英國人、美國人接到香港。一九四五年十月泰萊悌返津，他看到動盪時局中的實業已是昔日黃花。在泰萊悌逐漸向印度、英國轉移財產期間，他離開了人世。

此次收集到的這張明信片上明確標明新天津飯店的地址為「興亞第二區第三

號路」。一九四三年三月以來，偽當局將日、英、法租界改為興亞一、二、三區。一九四四年四月又將上述三個興亞區連同原有的十二個區一併重新劃分為八個區，「興亞」名廢止，新天津飯店所在的原英租界為第六區。行政區劃的變化確切表明了這張明信片推行的時間座標。

需要補充提及的是，四十年代新天津飯店還入住過不少因「二戰」從歐洲來的猶太難民。

天津老年大學文學創作研修生班學員劉德符在《我家曾住「東方華爾街」》一文中說：劉家一九四八年來到天津，當時住在解放北路二三二號，一九五零年搬出。新天津飯店（泰來飯店）就在其居所馬路對面，「那時裡面住的大多是外國人，從我們這邊望過去，時常看到有些外國肥男、胖女大腹便便地坐在陽臺上曬太陽，或是金髮女郎在對鏡描眉抹唇作臉上文章。斜對面還有一個舞廳叫『喜相逢』，晚上可以看到裡面彩燈閃爍，舞曲音樂之聲也不斷傳出來。」文中描述，泰來飯店、利順德飯店門前車水馬龍，中外人士進進出出，熱鬧非凡。

一九四九年一月十五日天津解放，作者記得「一月十四日聽到一天一夜非常激烈的槍炮聲、爆炸聲，到十五日清晨突然變得十分寂靜。天大亮之後，我們迫不及待地跑出去看究竟……聽說，解放軍的指揮部就設在我家對面的泰來飯店裡面，還有人說看到了司令員等大官兒進去了。」

天津市政府於一九五五年接管了這座飯店，更名為天津第一飯店，成為當時天津為數不多的涉外飯店之一。一九八零年以後，飯店的接待對象主要為外賓及港、澳、台同胞與海外華僑，享有一定聲譽。李敏、呂正操、陳景潤、梅蘭芳、張君秋、馬連良等知名人士也曾在此下榻。一九八四年，第一飯店與香港資本合作興建了天津首家中外合資酒店——凱悅酒店。二零一一年，為配合周邊市政建設改造，按照修舊如舊的原則，第一飯店進行了提升改造。此次裝修改造在盡可能還原泰來飯店的風貌與格局的基礎上，還進行了精心設計，既烘托了飯店的歷史內涵和特色，又加強了實用性，受到社會關注。

全運會啟動自行車

自一九一零年到一九四八年的中國曾舉辦過七屆全運會，我收藏有一些體育題材畫面的故紙，特別是幾年前在舊書店中有緣淘到二十世紀二三十年代的（女子）賽車圖牌紡織品老商標畫（天津長順和機器織染廠推行），皆與全運會有著千絲萬縷的聯繫。

您知道「全國運動會」一詞的源起嗎？先說「運動會」這詞，約一八八五年左右產生於日本，但日語中並未出現「全國運動會」一說。「運動會」一詞在十九世紀末傳入中國，據《江蘇省志・體育志》介紹：「一九一零年十月一八至二十二日在南京南洋勸業會會場舉行全國學校區分隊第一次體育同盟會，辛亥革命後追認這次運動會為中國第一屆全國運動會。」此時，社會上已公開使用了「全國運動會」或「全國運動大會」名稱。如開幕前一天十月十七日的《申報》上有報導說：「全國運動大會明日起在勸業會跑馬場舉行。」另外，一九一零年第十期《教育雜誌》也以「全國運動會」為題作了報導。當時的《青年》雜誌又報導：「起迄凡五日，全國運動大會舉行於南洋勸業會場。」此後，「全國運動會」一詞被廣泛認可，一九三三年第九期《時事月報》中記載：「清宣統二年，南京南洋勸業會會場有全國學校區分隊第一次體育同盟會之舉行，即今所謂之第一屆全國運動會。」

這屆運動會的舉辦，為那個時期的體育事業注入了活力，促進了大眾體育運動的發展，甚至包括一些在當時看來比較新奇、高級的運動，比如自行車賽。

早在清末，西洋自行車已傳入上海，並逐漸在沿海城市流行開來。只是當時的自行車價格昂貴，一般人難以問津。到了二十世紀二三十年代，沿海城市的自行車逐漸多了起來，人們除了看重它的實用價值外，也悄然發現了它的運動、技巧、娛樂、時尚等特點，且逐漸形成風氣。那時候，南京勵志社還開辦過自行車訓練班，邀請自行車專家擔任教練，訓練注重技巧表演。

一九三四年五月八日，由國民政府主席林森親自主持的自行車比賽在南京中山陵舉行，比賽分為男、女兩個組，吸引到各界人士參加。一九三六年十月一八日南京勵志社舉辦的第三屆自行車比賽活動鳴槍。比賽簡章表述：南京各界人士均可以參加，但只限男性。參加者不得自己請隨護，需提前一小時到達現場檢查車輛，參賽途中參加者前胸後背都需要貼上號碼，中途自行車損壞，不得更換自行車，每名參賽者需交報名費一角，比賽結束後前五名獲勝者由勵志社酌情頒發獎品。次日，南京媒體對比賽進行了報導：「勵志社主辦之第三屆公開自行車比賽，昨晨八時在該社門前舉行，報名參加者八十五人，而實際僅五十五人……出中山門、沿陵園大道、至中央游泳池，折回勵志社門前，全程一萬三千公尺，張國泰以二十九分三十五秒之優異成績，榮膺冠軍，且打破上屆紀錄。」

「前後單輪腳踏車，如飛行走愛平沙。朝朝馳騁斜陽裡，颯颯聲來靜不嘩。」自行車運動直接激發了百姓消費，大城市一些有錢有閑的青年人開始迫不及待地想嘗試這「神奇機械」了。二十世紀二三十年代，中等收入家庭裡的公職人員、開明學生率先騎上了自行車。

商人們的機會更多了，他們看到了廣闊的市場前景，加緊推銷廣告。當時的城市報紙上隨處可見售賣自行車的廣告，飛人、三槍、飛利浦、蘭苓、海格利斯等洋品牌車應有盡有，廣告語異常觸目。上海同昌車行在一九二六年年末的《申報》上發佈廣告，其標題很有說服力和誘導力——人力不能與機械力競爭。廣告上畫著一人正在風風火火地追自行車，但他即便是跑飛了帽子也追不上。另外，海格利斯牌自行車宣稱：「構造特殊，起乘安全，風行全球，到處歡迎，用以代步，經濟便利。」

月份牌廣告畫、老商標畫怎會落伍呢。於是，正如開篇我們說到的賽車牌老商標畫中所描繪的那樣，穿著大Ｖ領薄衫、迷你短褲秀長腿的美女來了，她們騎著、推著一輛輛嶄新的坤車，躍然紙上，那光鮮靚麗像磁鐵一般引人。不僅如此，有的商家還用自行車作為獎品攬客。一九三五年年末，上海冰結漣（即霜淇淋）公司在促銷美女牌糖果時推出了獎券搖彩活動，並大肆作廣告，其中的獎品就有豪華自行車。時風擋不住，帥哥美眉誰也離不開自行車了。

「德士古」貼標說往事

淘到一張德士古火油公司的老商標。點燈的煤油舊稱火油，從清末至二十世紀五十年代初，美商德士古公司曾叱吒中國市場，掠走了巨額利潤。一九零一年（此據《天津通志·租界志》載，另有一九零二年一說）德士古公司成立於美國德克薩斯州休士頓，隨即發現大型油田並設立了煉油廠。

中國石油蘊藏豐富，但早年無開採技術，反而成為貧油國。第一次鴉片戰爭失敗後，清政府被迫開放廣州、廈門、福州、寧波、上海為通商口岸，西方列強對華的經濟侵略更加肆無忌憚。相形之下，外商在中國大規模設立公司，如德商禮和洋行、英商太古洋行、美商茂生洋行、法商永興洋行等，這其中也包括來自美國的美孚石油公司、英國的亞細亞火油公司。與此同時，許多洋商將勢力擴張與貿易中心從廣州北遷上海。

其實早在德士古公司剛成立的一九零五年前後，其「TEXACO」品牌已滲透到中國沿海。時至二十世紀二十年代，德士古公司與先行來華的美孚公司（一八九四年）、亞細亞公司（一九一三年）聯手合作，開始瓜分我國市場，這三家公司在華總管理處均設在上海，總管理處下設天津、廣州、青島、漢口、重慶等各大區公司，又在中小城鎮開代理店或經銷處，銷售網密佈。他們的組織機構上大致相同，分公司設大班（經理）、二班（副理，主管業務）、三班（會計）各一人，皆由洋人擔任。

中國民間長期點植物油來照明，德士古、美孚、亞細亞商人便瞄準市場，不厭其煩地著力宣傳點煤油的好處，比如明亮、無煙、價廉、火旺等，甚至說用來燒飯也方便。洋商火油廣告鋪天蓋地，鄉間鐵路、公路、河道沿線常見火油廣告，窮鄉僻壤的小雜貨店也掛上了他們的牌子。德士古火油廣告幾乎讓人到了無處遁逃的境地。洋商還附帶推銷新式煤油燈、火油爐等。幾十年來，三家公司壟斷了中國煤油和其他石油產品銷售額的四分之三左右。以華北市場為例，每年他們都會商定各家銷售比例，歷年平均比例約為美孚占四十％，德士古占三十五％，亞細亞占二十五％，不一而足。本人也收藏有光華火油公司的廣告。一九二七年，中國人自己開辦的光華公司在上海成立，這讓美孚、亞細亞、德士古感到恐慌，他們相互勾結做手腳，導致上海租界工部局不給光華的加油站發執照，同時降價壓價來擠兌光華公司。

天津也是德士古的重要橋頭堡。《天津通志・租界志》記載，德士古天津分公司成立於一九一九年十一月一日，公司地址最初在英租界海大道（今大沽路），後遷至領事道（今大同道）禮和洋行內，再遷往中街（今解放北路）華比銀行樓裡。天津公司的營業範圍涉及天津、河北、山西，以及東北三省，還有內蒙古、山東、河南部分地區。

德士古的油庫附設制桶廠，用機器製造白鐵皮方形油桶，每桶可裝五加侖煤油。附設木箱廠製造木箱，每箱裝兩桶油。近日得到的這張老商標上便畫著德士古的木箱圖。德士古煤油有紅星牌、幸福牌、銀箱牌三種，此故紙為紅星牌老標，可見商標為一顆大大的紅五星，星中有個綠色的「T」字母。

一九四一年太平洋戰爭爆發，上述三家公司被日軍接管，至一九四五年八月日本投降，公司全部停業。從一九四六年初開始，這幾家公司得美資扶持，相繼恢復營業，直到一九五一年初解散。

世昌洋行與染料

在網上淘到幾樣二十世紀初德梅顏料廠、大德顏料廠的染料商標故紙，染料皆由德國進口。德國染料品質素來享譽世界，我們聊過曾讓幾代中國人難忘的「陰丹士林」染料與色布。在化學合成染料發明前，人們所用染料皆從天然物質中提取，一八五六年的時候，英國化學家帕琴在試驗中偶然發現了一種紫色染料——苯胺紫，並很快投入生產，合成染料業由此開端。後來，德國化學家格雷貝與利伯曼合成出茜素（一八六八）、拜爾合成出靛藍（一八八零）、博恩合成出陰丹士林藍（一九零一），他們的發明不僅成為相關領域發展的里程碑，也使德國染料業趕上並超過英國，進而走向世界。

自清末民初以來，德梅顏料廠、大德顏料廠的染料由天津世昌洋行代理在國內銷售。一八六零年天津開埠後，西方列強紛紛在津設立租界。所謂洋行，就是外商在中國開設的以代理進出口貿易為主的商號，可有些商號不一定從事進出口業務，但也被國人統稱為洋行。洋行在津發展較快，僅數載後的一八六七年，天津已有洋行十七家，包括英商九家、俄商四家、德商二家、美商一家、意商一家。德商世昌洋行便是其中之一。

世昌洋行的經營不僅僅局限在染料一項，之于近代天津城市進步，特別是電力發展，世昌洋行尤其值得一記。一八八八年夏天，世昌洋行在天津英租界內的絨毛加工廠（維多利亞公園附近）的打包機上，利用機械動力安裝了一台小型直流發電機，電力除供廠內照明外，還提供給鄰近的荷蘭領事館使用。津城用電由此開始。又據《天津通志・租界志》載：「亞細亞火油公司在天津的業務原由德商世昌洋行代理。」火油，即點燈所用煤油，生活必需品，世昌洋行因此獲利頗豐。不僅如此，槍械火藥進口也是世昌洋行的重要生意。近代以來，中國槍械主要源自德國、西班牙，經上海、天津等地的洋行船來。《天津通志・大事記》中表述，清同治四年，也就是一八六五年「四月二十九日，承崇厚托辦，德商世昌洋行代購洋火藥兩百四十桶運到天津。」另外，北洋政府陸軍部歷史檔案中有份一九二四年九月十日檔，就是該部與天津世昌洋行簽訂的，陸軍部需購槍支、子彈及配件等，「共計價洋一十一萬九千元整。」除了石油、軍火，世昌洋行也注重小生意，德國鋼針（縫衣針）鋒利耐久，舊年天津乃至三北地區市場所賣的上好鋼針絕大部分是由天津世昌洋行進口而來，為民眾帶來方便。

順便一說，目前文史資料中也有比（利時）商世昌洋行、美商世昌洋行之說，且涉及一九零四年天津電車電燈公司的發端等，暫不贅述。

具體到所藏幾張老商標，由於年代較久，畫工的朴拙氣息分外濃郁。德梅廠的商標圖上畫著一艘官船遇到了大風浪，船體傾斜，船帆已落，見一官爺正在隨從的攙扶下慌忙登岸，他的妻女家眷也緊隨其後……該廠另一張故紙畫面更像鄉間生活小景：身穿紅衣白裙的德國婦人剛染好一件黑色衣裳，掛到晾衣繩上不久便引來三隻白鵝，白鵝欲叼走新衣，婦人急忙轉身張開雙臂大呼小叫驅趕。再看大德廠的

老商標，畫上繪三隻羊，于山腳溪水畔或立或跪或臥，遠處有朝陽升起，大有三陽開泰吉祥意。

躍龍門之幸，一旦考中自是了不起的大事，更不用說高居榜首榮光無限了。

學子自鄉下考起，要經歷鄉試、會試、殿試。鄉試第一稱解元，會試第一曰會元，殿試第一為狀元。狀元制度源于唐代，自唐高祖武德五年（六二二）第一位狀元孫伏伽開始，到清光緒三十年（一九零四）最後一位狀元劉春霖截止，在一二八三年間，共產生了五百九十二位狀元（一說五百零四位），加上歷代武狀元及一些政權選考狀元，中國歷史上可考的文武狀元總計約七百七十餘人。科考與文化深深影響社會生活，狀元及第、三元及第、連中三元等不僅是百姓耳熟能詳的成語，也是大家喜聞樂見的風俗畫面，這也同時表現在老廣告老商標畫中。

清末民初，來自英國曼徹斯特的 REISS BROS 紡織品已行銷中國沿海並開辦洋行經營，洋商入鄉隨俗的商標定名為「狀元喜慶」品牌，商標畫也像民間年畫一樣好看：某士子高中狀元衣錦還家，其妻攜子攜丫鬟出門來迎接，再看男僕正從擔子上卸下美酒罈、金囍字、軸畫等，還有一柄玉如意已拿在了小兒郎的手中……畫中細節無不充滿吉祥寓意。

說到狀元及第，「及第」指科舉考試考中，「第」即「榜」，也特指考中進士，明清兩代只用於殿試前三名。《明史・選舉志》雲：「一甲止三人，曰狀元、榜眼、探花，賜進士及第。」

武強年畫中《狀元及第》很經典，畫面上端龍鳳呈祥，龍鳳下有一可愛童子從天而降，分明是龍鳳所賜。小孩穿著狀元紅衣，一手拿著紅纓槍，槍尖指向地面；一手舉著小馬鞭（如京劇道具樣），暗喻騎馬而來，如上皆為狀元及第的寓意與詮釋。龍鳳還銜著一副對聯：「鳳凰金寶地；喜生狀元門」，傳達了美好祝願。明清時代，狀元及第在百姓心目中已具備了濃厚的功名利祿象徵意義，此內容的吉祥圖畫上常見三個孩童，中間的大男孩高舉一官帽（或頭盔），表示得中狀元，另外兩個小弟手持如意和喜報，以示慶賀。也有的圖樣是畫一個頭戴冠帽的童子騎在翔龍之上，他手裡拿著如意。這裡的「冠」與「官」同音，童子戴冠，寓意孩子長大學習優秀得狀元，且一定如意。孩子騎在龍身上則表示如魚躍龍門一樣出人頭地。類似的畫面還曾被民國初年的北洋天津火柴公司選用，其封箱標畫上的狀元是手持五色旗騎在龍身上。

昔年山東濰坊某染坊出產過「狀元及第」品牌棉布。舊時代民間素有得了狀元要騎馬遊街三日慶賀的風俗，屆時，狀元郎披紅掛綠馬上前行，街面上鑼鼓喧天，彩旗飄揚，威風八面之感不勝言表，老濰坊商標畫所描繪的正是這一情景。不僅如此，民間也有狀元「紅袍白馬」一說，恰如我所見的另一「狀元」品牌商標畫上描繪的那樣。畫中身穿大紅袍的狀元挺直腰板騎在高頭白馬上，正向城門而來，大有畫錦榮歸的情狀。畫面左右所配「一色杏花紅十里；狀元歸去馬如飛」之聯也很好說明了主題。至於狀元紅衣，民國木版年畫《白蛇傳•狀元拜塔》上也可見穿紅衣的許仙。

讓人「臉紅心跳」的《明星影錄》

茅盾在《子夜》裡這樣描述著吳老太爺的二女兒：「淡藍色的薄紗緊裹著她的壯健的身體……袖口縮在臂彎以上，露出雪白的半隻臂膊……」而吳老太爺也看到了在上海的街面上「一位半裸體似的只穿著亮紗坎肩，連肌膚都看得分明的時裝少婦，高坐在一輛黃包車上，翹起了赤裸裸的一隻白腿，簡直好像沒有穿褲子。」茅盾接著寫道：「萬惡淫為首這句話像鼓槌一般打得吳老太爺全身發抖。」

讀到這一段，我聯想起多年前購藏一紙民國版《明星影錄》的情景。那是在天津文廟舊書市場，曾有一度，每週去那裡都會看到一處攤子前掛著個小鏡框，裡面鑲著一張泛黃的故紙，畫面上用簡潔的粗線條勾勒著一個側身的「裸女」攬著天上的星星。此作黑白分明，如同版畫，引人視線。大概是小半年的時間，發現「裸女」一直在那孤孤零零地飄搖著，貌似始終沒找到合適的「婆家」。毋庸置疑，價錢不便宜，以至於別人「摸不動」它。我看了幾次，早已知道它是影院的廣告傳單，也專門瞭解了相關的背景資料。猶豫再三，不如咬牙跺腳花錢購下，據為己有便不再「饞涎欲滴」了。

此廣告實為十六開折頁，是一九二九年五月天津明星影院印行的一期新片推介廣告單，「裸女」正是封面的主角，頗具海派開放風格。折頁中除了幾部影片的圖文之外，還有二三商家廣告。看來，影院精明至極，拉別人的廣告來完成自家的廣告。同時，也說明當時的《明星影錄》是具有一定發行量的，如若不然，哪個商家會花冤枉錢上廣告呢。

購藏《明星影錄》之時，我尚屬小夥年歲，每見此畫總有絲絲莫名其妙的「臉紅心跳」之感。心想，在過往時代咋會這般開放呢？當年沒有「掃黃打非」麼？看來這是值得思考的話題。

在中國封建意識中，女子身體的裸露一直被視為洪水猛獸一般。辛亥革命以後，女界最重要的變革是放足、剪髮、放胸。在「五四」運動新思潮的影響下，古希臘的裸體藝術成為青春、健美、正義的象徵。那時，以劉海粟為主角的「模特兒風波」在全國引起軒然大波，沸沸揚揚，歷時數年。其實這不只是藝術上的爭議，更涉及到中國人，特別是中國女性解放自己身體的心理鬥爭。

西風盡吹下的中國女子服飾也在變革，越穿越少，局部適度的裸隨之成為二十世紀三十年代大城市女子的一種時髦。一九二八年的一天，天津一家造胰公司在法租界泰康商場櫥窗內搞了一次裸體女子洗澡的活廣告。泰康門前人山人海，觀者如潮，而模特也確實如宣傳的那樣一絲不掛地進行著表演。造胰公司立時聲名鵲起，同時也招來諸多非議。《益世報》以《陳列裸體女子有傷風化》為題對此舉進行了批評，並要求有關方面應予以取締。另外，一九三一年的《新家庭》雜誌上已出現「裸裝」一詞：「海上有研究婦女服裝者，更倡打破禮教虛偽的裝飾，而漸趨於西化的裸裝。」裸裝直接刺激了泳裝款式的開放與惹火。

每個時代都有自己的流行與風尚。唐代女子以稍胖為美，看看那時的仕女圖或楊貴妃的模樣就曉得了；時下女子以骨感性感為榮，「減腰減腹減脂肪」的廣告語不絕於耳。那麼三十年代大城市的小資女子呢？

在三十年代上海灘的審美觀中，美女要臉若銀盤，天方地圓，似乎這樣才是端莊富態的理想狀態。大明星蝴蝶堪稱最佳的範本，她標準的面龐上還有兩個小酒窩兒，笑起來俏麗迷人，既穩重又不失甜美。她皓齒明眸，膚如凝脂，豐滿有型。再來看看當年的先鋒雜誌《良友》吧。那上面的女子白皙的胳膊與腿腳好似麵團一樣，按今天的話說大致是保健品很給力，富態到家了。以上海為先，開放的人文思想為豐腴美、立體感的展現提供了很好依託，於是，相對薄露的時裝與穿著範式出現了。街上的旗袍美女裸露出來的兩條胳膊渾圓敦厚，骨肉均勻，充滿了誘惑的同時也顯現著健康之美，這正是西風東漸以來婦女思想解放的重要標誌之一。

廣告時常會在第一時間反映時代審美的風向，此時的海報、月份牌畫中不乏摩登的半裸美人，她們以薄紗布帛略遮蓋胸部，展現出豐滿性感的風韻。在老上海中法大藥房的《美女與遊船圖》中，執傘少婦的短裙已經短到極致，兩條腿雪白光潤且粗壯健美。還有，那類似肚兜的紅色上衣的肩帶已經掉了下來……再看永安堂萬金油廣告上的女子，她穿著緊身內衣在沙發間撫弄著波浪髮，豐滿的、曲線凹凸的體態幾乎要溢出的樣子。

對於這種變化，老年間的《上海鱗爪竹枝詞》中有道：「胸前高聳有峰痕，背後還翹一大臀；窄袖短衣雙臂露，登徒哪得不消魂。」林語堂在《中國人》一文中曾為此驚歎過：「對於婦女的幽禁已經一去不復返了，其速度之快，使那些十年前離開中國，現在剛剛回來的人感到驚訝。」茅盾在《子夜》裡也詳盡地描述過那時上海灘女子光怪陸離的生活狀態。

隨便翻開二三十年代的報紙，女人圖畫廣告星羅棋佈，香煙廣告、藥房廣告、化妝品廣告、影劇廣告，到處彌漫著脂粉的氣息。有些廣告與女人毫無關聯，廣告畫家卻硬生生地送上美女，讓人莫名其妙。當時報紙上曾報導過一個自命不凡的廣告從業者，他認為「廣告之效力在於觸目，廣告用女人，最易觸！」有作家針對于此諷刺道：「女人！自然多少具有些誘惑性，女人而畫得美麗，那麼它的吸引力當然更大！如果再畫成個裸體，加上兩句牽強附會的文辭，那麼這廣告愈使得閱者觸目了！」作家憤憤地認為，一些牛頭不對馬嘴的「女人廣告」是在「侮辱女性」，讓人貽笑大方。

自清末年走入民國以來，沿海開放城市在中西文化的交匯中轉型發展，陣痛的、奢華的、脂粉的、傳統的，乃至一切一切光怪陸離的人和事，成為了生活史中的細節。如此，《明星影錄》的出現也就不足為奇了。

「老刀」之路

幾年前淘到老刀牌香煙廣告故紙時，馬上聯想到現今民國故事題材的影視劇情景，觀眾常可聽到「老刀牌捲煙」的叫賣聲，常可看到街面上「老刀」的海報招貼畫。舊年，它與品海牌、哈德門牌、三炮臺牌、紅錫包牌等一道成為家喻戶曉的名煙。

起初，老刀牌香煙由英國惠爾斯公司生產，名叫 PIRATE，大致於十九世紀九十年代舶來中國，先是委託上海一家英商洋行代理銷售。PIRATE 意「海盜」，那時還有「派律」、「派力」、「派律脫」等譯音（我收藏有清宣統年間的「派律脫」

廣告）。到了一九零二年九月，美國煙草公司、英國帝國煙草公司、惠爾斯公司等煙草商在英國倫敦聯合組建英美煙公司，且隨即在上海興建捲煙廠，以進一步對我國實施經濟侵略。老刀牌香煙盒上畫著一個外國水手，他站在甲板上，右手叉腰，左手持刀，腰間別刀，傲慢之態不可一世，恰與「海盜」之名相映，且煙盒上皆為英文字樣。許多中國煙民不識外文，往往只注意那兩把尖刀，所以又稱它叫老刀牌，約定俗成，「老刀」很快蓋過了「海盜」、「派律脫」之名。

據一九零七年的《北清煙報》資料顯示，老刀牌香煙有五支裝軟包、十支裝軟包、十支裝硬（卡）包、五十支裝過濾嘴（或無嘴）圓鐵聽、五十支裝過濾嘴（或無嘴）橢圓鐵聽等品種，其中有的還呈進過慈禧太后。英美煙公司是廣告促銷高手，他們不惜本錢推出試吸、白送、附贈小畫片等活動，還大張旗鼓地發佈各色廣告，完全壓到了我們的民族捲煙業，銷量飆升。

在外商眼裡，煙標上的「海盜」貌似英雄，然在中國人心中，這個形象猶如侵略者，令人反感。特別是五四運動以來，反帝反封建的愛國熱潮一浪高過一浪，人們開始對此「海盜」煙予以抵制，導致其銷量迅速下滑。英美煙公司意識到這一點，馬上修改煙標，品牌名換成漢字，又將甲板上的火炮改畫成鐵箱，海盜嘴上的鬍鬚、身上的標記、手中的尖刀等也做了處理。同時，該公司又放風稱，煙標圖畫的喻意是一個帶著古舊老刀的外國商人乘船來到中國，是來推銷世界上最好的香煙的。經過一系列入鄉隨俗、殫精竭力的宣傳，老刀牌香煙再度被市場接受。

英美煙公司上海工廠於一九三四年停產，當年末以華商的名義在上海開設了頤中煙草公司，又相繼在青島、福州等地開設了十餘家分廠，行銷網路不斷擴大。直到二十世紀四十年代末，老刀牌香煙一直行銷大江南北，一些政壇要人、文化名流皆吸此煙。

二十世紀五十年代，廣大顧客呼籲改掉「老刀」之名，不久，上海煙草公司接管上海頤中煙草公司，隨即向社會徵集老刀牌更新名、更新圖的事宜，還在原包裝背面印上了「本商標將改新牌名及新圖案」告示文。最後，老刀牌改名勞動牌，當然這其中也有二者發音相似（特別是上海話）的緣故。相形之下的新版廣告畫上也標出了「廢除老刀牌，改換此商標名稱」，「勞動創造世界」等標語。

自一九九四年，青島捲煙廠、徐州捲煙廠、延安捲煙廠重新開始生產老刀牌香煙，煙標圖與民國老版大同小異。正因如此，它的復出不斷受到質疑，約三四年後退出市場。

香煙妙比世界第一樓

老刀牌香煙是早期英美煙公司的名品，在中國民間家喻戶曉，現今影視中常出現它的廣告畫或小販的叫賣聲。幾年前，我在上海文廟舊書市淘到一幅老刀牌香煙廣告，圖中的紐約夜景猶如好萊塢大片裡所呈現的，燈火輝煌，宏偉壯觀，再加之周邊相映襯的「發散光芒」，更給人照耀世界的感覺。廣告下方用規整的楷體字表述：「紐約吳魯我司大樓以鋼所製成，五十四層誠為世界中最高之大樓也，乘電梯由底兩分鐘即能抵頂……」近百年後我們來解讀，文中的「吳魯我司」四字乍看讓人摸不出頭緒，然它正是關鍵要素。經考量梳理，「吳魯我司」乃 Woolworth 在當今的音譯「伍爾沃斯」。接下來便要說到曾經的世界最高建築——美國紐約伍爾沃斯大樓。

伍爾沃斯大樓始建於一九一零年，一九一三年竣工，屬新派哥特式建築，大樓最初計畫高一百九十米，建成後兩百四十一米。大樓由弗蘭克・伍爾沃斯投資。伍爾沃斯早年開辦了一家小小的雜貨店，名叫「五分一毛」，他勤勞打拼，多年後發展成為收益可觀的「百貨公司大王」。其實，伍爾沃斯在消費開支方面可謂「雙面人」。他一方面保持創業之初錙銖必較的習慣，比如郵寄一封信，會算計郵資，讓秘書用薄一點的信紙和信封，以免超重多花錢。但他喜歡美食與豪華房舍、傢俱，這大致與其年少貧寒的反作用有關，比如他長期住在曼哈頓繁華區，擁有不少房產，且奢華裝修。

伍爾沃斯最初只想建四十二層的樓，但他不久改變了主意，希望再加上三十多米，從而成為世界第一高樓，這在當時可是難以想像的高度。建築師卡斯・吉伯特在樓頂設計了一個金字塔形的尖頂，類似義大利聖馬可廣場（威尼斯中心廣場）塔樓的頂部。為了將大廈高度表現出最佳效果，建築師採用了哥特式建築風格，同時，大樓的柱墩、主塔墩也被特別加寬，頂端的哥特式卷葉裝飾的尺寸也在加大，即使在遠遠望去也有良好的視覺效果。大廈外觀廣泛運用鏤花雕刻之技，整體像精美絕倫的藝術品，且又有一絲教堂建築的感覺，達到了美學和高度的完美統一。一九一三年四月伍爾沃斯大樓落成開幕，它成為世界第一高樓，更成為紐約充滿神奇與浪漫色彩的新地標。

老刀牌香煙在廣告文中提到了大樓中的電梯，全程只需兩分鐘，堪稱高速快捷。殊不知，那個時代的電梯性能還不穩定，有些人認為乘電梯的危險程度僅次於乘飛機。值得一提的是，伍爾沃斯大樓的電梯與眾不同，它不僅是當時全世界最快的，而且首次採用了信號指示燈顯示樓層位置的新技術。另外，電梯安全性能出色，哪怕安全措施全部失效，電梯墜落時也會像個巨大活塞一樣壓縮下面的空氣，形成類似緩衝墊的安全裝置，使電梯緩緩下降。

伍爾沃斯大樓的崛起給世界帶來巨大震撼，被視為美國商業的象徵，英美煙公司「移花接木」借喻標榜自家香煙：「專造家所制之老藍刀牌香煙，純由最上等煙葉造成，在世界中價值之高上恰如以上之大樓也。」

人總會挑戰極限，一六年後的一九二九年，華爾街上高達三百一十八米的克萊斯勒大樓建成，伍爾沃斯大樓因此失去了世界第一的美譽。

廢紙堆裡看茶罐

在舊書市場曾聽人調侃：天天在廢品堆裡刨食找東西，說好聽話叫「玩收藏」，說難聽話叫「收破爛兒」。這玩笑話，有次逛攤時多多少少在我身上應驗了。那個週末因有他事耽擱了一早去淘寶，正午歸途「鬼使神差」順路轉一圈，想看看掃尾。無意中見一攤販正在整理行囊，他正用腳往旁邊踢著一小堆才收拾出來的殘書亂紙等雜物。我與他邊搭訕邊下意識地也用腳尖扒拉著那些廢品，見其中貌似還有點花花綠綠的舊紙頭。「這些爛紙還要麼？」我問。「收攤走人，沒用都不要了。」他說。「那我收走，給你多少錢？」東西是人家的，況且人還沒離開，若要，必須給錢。「得了，你就給五塊算了，我弄盒煙錢。」

兜著一袋廢品回家慢慢整理，竟發現些許與老天津正興德茶莊有關的紙片，雖破碎不一，但大抵可分辨出舊年的茶葉價格表、正興德業務活動圖片等內容，特別還拼湊出一頁彩色圖照——正興德茶莊油光彩印茶聽圖，上有五彩斑斕的茶葉罐十幾樣，煞是漂亮，茶文化舊跡頓生目下。

喝茶儲茶必用茶葉罐，古來人們不斷使用瓷器、陶器、竹器、錫罐、搪瓷罐等來存茶，近代以來開始使用上馬口鐵罐。馬口鐵的正式名叫鍍錫鋼片，中國人舊習慣稱之為「洋鐵」。清代中葉，第一批鍍錫鋼片自澳門進入內地，澳門（Macau）當時音譯似「馬口」，所以有了「馬口鐵」別名。

馬口鐵茶罐外觀需要裝飾加工，馬口鐵印刷主要採用平版膠印和滾印技術。時至二十世紀二十年代，馬口鐵大量應用，印鐵技術不斷進步，內裡鍍錫的馬口鐵茶罐憑藉良好的密閉效果和美觀裝潢在國內風行開來，時稱油光彩印茶聽。南北各地的知名茶莊不斷推出五彩斑斕的印花鐵茶罐，以滿足各界需求。

津門老字型大小正興德茶莊緊隨時尚，在這一時期及時引進設備，創辦了制罐車間，到了三十年代已陸續有幾十款外觀不同畫面的茶罐行市，還專門印發圖文並茂的廣告來推銷聽裝茶以及空罐。茶罐造型常見方形的、圓形的、六角形的、腰圓形的，容量大小齊全，外觀附有字型大小名與廣告文辭。如此，印花茶罐很快跳出了包裝的基本概念，凸顯出宣傳促銷與文化精神的多重內涵，茶罐上靜雅的圖案與色彩伴著茶香，或許是陶然心境的絕妙創意。我收藏有一款民國年間正興德的禮品茶茶罐，其以金黃色為基調，正背兩面裝飾著淡綠、淡藍色的幾何圖案，新穎洋氣。邊側分別寫有宣傳詞：「助消化，佐清談，增君美滿生活。贈親饋友，禮品最宜」，以及「品質——無麗不臻，裝潢——有美皆備」等字樣。無巧不成書，當時家喻戶曉的上海美麗牌香煙的廣告語也是「無麗不臻，有美皆備」。

不僅是正興德，天津其他茶莊也大興此道。我收藏有成興茶莊的特大號六角形茶罐，深藍底色上金鳳紋樣閃亮靈動，每面一幅風景畫，是上海名家陳在新的佳作，分別為《田園書聲》《村姑插禾》《負薪入市》《漁村夜月》《寒林覓食》《秋岩濺瀑》，觀之好似畫中游，耐人回味。此茶罐高二十八釐米，一對茶罐也許是舊年家居生活中頗具文化品位的陳設吧。再有，二三十年代海派月份牌畫風頭正勁，欣賞老茶罐的畫面，不難發現來自相關新水彩畫技法的影響，構圖嚴謹，筆觸細膩，透射娟秀之美。比如天津華新茂茶莊茶罐上的時裝美女圖，明顯流露著上海灘小夜曲的柔美情調。

范蠡築城且愛美西施

回溯歷史，有時像在觀看一部「穿越劇」。話說戰國初年，西元前四七三年越國打敗吳國。次年（前四七二年），越王勾踐委派范蠡（前五三六—前四四八）在南京秦淮河入江口南岸，也就是現今長幹橋西南一帶的高地間修築城池，由此掀開了南京史的重要篇章，越城，成為第一座有確切年代可考的軍事古城。

范蠡輔佐越王二十餘年。范蠡，字少伯，出生在楚國宛地（今河南南陽）。其人雖出身貧寒，但並未消沉，他憑藉聰慧的天資自小發奮讀書，至青年時代已學富五車，上知天文、下知地理，滿腹經綸。然而，文韜武略的范蠡在權貴專制、政治混亂的楚國始終不為人賞識。約西元前四九六年范蠡來到越國，一下成為棟樑之才，最終幫助勾踐成就了大業……

去年金秋時節，我在網路平臺淘到一張「范蠡舟」品牌老商標畫，它是二十世紀二三十年代山東濟南鴻順東織染廠推行的布匹商標。當時，該品牌紡織品質量上乘，曾遠銷海外，曾流行於沿海城市外國租界，緣此，鴻順東在商標畫上特別將廠商、位址等廣告資訊以英文來表述，方便外國人認知。有趣的是，這紙商標上描繪的正是我華夏最浪漫的傳說之一——范蠡與西施泛舟樂山樂水的故事。

有道是，自古英雄愛美人。春秋末年戰火連綿，西元前四九四年越國攻打吳國，越國敗，臣服的越王勾踐在范蠡陪同下到吳國甘為奴隸。在吳，勾踐任勞任怨賣苦力，慢慢贏得了吳國國君夫差的信任。幾年後，勾踐、范蠡被赦免，他們重回越國，由此發願臥薪嚐膽、重整兵馬，期待早日殲滅吳國。范蠡等人致力發展經濟、強軍強國，與此同時又生出美人計——給夫差送美女，其目的欲消磨吳國之君的意志。為此事，范蠡到民間物色佳人，天生麗質、美貌無比的民女西施、鄭旦等被選送至吳國。民間傳雲，在此過程中范蠡也喜歡上了西施，進而產生感情並私訂終身……

越滅吳，范蠡功不可沒，

被勾踐封為上將軍。范蠡受命築城所選之地原本荒涼，此地北臨秦淮河，南倚雨花臺，西控長江，建城後，這裡一舉成為越國威懾楚國、爭霸中原的要地。《六朝事蹟編類》《景定建康志》《至正金陵新志》等史料記載，越城「周回二裡八十步」，周長相當於現在的九百多米，尚不足一公里（文史資料也有約一點二公里說），面積也不足一平方公里。若以現下的目光審視，此城實在「袖珍」，但它「築城江上，以鎮江險」，越國更憑藉越城而雄起，得以躋身戰國七雄之列。此城也被稱作越王城、越王台，同時因范蠡所築，後來又俗稱范蠡城、范蠡台。

功成名就的范蠡在此時卻出人意料選擇了急流勇退，他毅然離開越國，帶著自己的心上人西施，一起乘著小船四處遊賞，過美滿生活去了。記載吳越歷史、地理的典籍《越絕書》中說：「吳亡後，西施複歸范蠡，同泛五湖而去。」

范蠡與西施的情愛傳說當然讓歷代民眾津津樂道，乃至成為中國人理想生活的一種文化符號，並在文藝作品中廣為流傳。故事雖美，但似缺乏歷史依據。《史記》載，范蠡一家離開越國後落腳齊國，他們「耕於海畔，苦身戮力，父子治產，居無幾何，治產數十萬。」這其中根本沒有西施的影子。再後來范蠡四處經商，也沒涉及與西施的關聯。重要的是，范蠡與西施二者年齡相差四十多歲，那時「老夫少妻戀」的可能性微乎其微。

傳說歸傳說，但范蠡建越城確為史實，范蠡二度遷居也是史實。范蠡在齊國積累了大量資財，名聞四方，「齊人聞其賢，以為相」，可他仍不為高官所動，辭去相職後遷居于陶地（一說今山東肥城陶山，一說菏澤定陶）大興實業經營，所涉範圍舉凡莊稼種植、牲畜飼養、漁業養殖等無所不包，成為一代富賈。范蠡有《養魚經》《兵法兩則》《致富奇書》《陶朱公商訓》等傳世，被尊稱為「商聖」和「財神」。

我們再回范蠡建造的古越城。直到六朝時代，越城依舊是攻守建康（南京）城南的橋頭堡，具有重要的軍事價值。越城城池使命大致到了隋滅陳時才被平毀終結。越城遺址在宋代還曾作為軍寨，到清代尚有遺跡，文人周寶英在《越城》中雲：「禪院風清古跡埋，長幹西畔小徘徊。一堆土石迷煙草，人踏斜陽問越台。」

歲月滄桑，古越城被學界公認為南京建城史的重要開端，對南京的城市變遷、城市發展產生了深遠影響。

買下黑山大哥的「女人」

逛舊書攤，我喜歡與外埠趕來攤主聊幾句天，一可大致瞭解他鄉相關收藏的行情，二來便於溝通感情，這樣也許能買到物美價廉的好東西。那天，在市場上偶然聽見幾句純正的東北腔，尋音望去，見一五十多歲的男子正在擺賣各樣故紙藏品，他腳下還放著三個大旅行箱。經打聽，賣主姓G，來自遼寧錦州，老家是黑山縣的。

我掃了一眼攤子，有張故紙上的「閨蜜二少婦」即刻勾住了我的眼。拿起細端詳，乃二十世紀三十年代錦州永馨齋鮮貨店的廣告，畫中旗袍美女眉清目秀，溫婉可人，看衣飾，一人愛綠，一人好粉；看髮型，一人留直髮，一人燙波浪。圓桌上放著兩盞香茶，前者正輕輕捏取著小茶食，後者撫托香腮若有所思的樣子。二紅顏周圍有玫瑰、秋菊等嬌豔花朵，襯托著青春年華，營造著溫馨氛圍，足可見當年廣告畫家的藝術匠心。

畫面上方的位址資訊也有看點，如「錦省北鎮」字樣。錦州是一方寶地，清康熙初年設錦州府，進入民國後廢府設縣，歸奉天省遼沈道管轄。「九一八」事變後的一九三四年，偽政權設立錦州省，下轄周邊各縣。到了一九三七年，偽政權再實

行市制，始設錦州市。另外，攤主老G一再朝我介紹：「北鎮是小地方，這紙畫印量一定不多，留到今天更不容易。」北鎮縣位於錦州東北，素有「幽州重鎮」之稱，曾歸錦州省轄。二十世紀五十年代初北鎮縣易名北寧市，二零零六年更名為北鎮市，是遠近馳名的「書畫之鄉」和「糧食生產基地」。相關的歷史沿革資訊為永馨齋廣告的印行年代及相關人文背景的考據提供了佐證。

這張故紙相對便宜。攤主說剛才高價賣了另一張品相好的，剩下這張沒必要「扛著」了，出手換錢罷了。細觀，一黃豆大的小孔破在了綠衣旗袍領口處，所幸未傷及「顏面」。還有一小裂口損在左邊空白處，並無大礙。眾所周知，品相是收藏品品質的要素，但我想，這對於可遇不可求的特殊故紙來說，「有勝於無」也該是權衡的砝碼之一吧。我果斷收下了它。

「你小夥買東西有眼光，也挺痛快，再瞧瞧這幾個『美人』對心思不?價錢好說。」老G邊推銷邊指了指散在攤子上另幾張故紙。

我俯身撿起，見一張出自老營口的「維新餜品」點心箋，畫中女子側身坐在沙發裡，垂下的手中還持著一枝花，她在暗歎相思苦?在熱盼郎君歸?如此，對當年顧客欣賞而言，對今天我們解讀而言，都會充滿想像吧。這張故紙的右下角標有「一美人包餜票」字樣，何意?「餜」字從「食」從「果」，「食」與「果」合起表示瓜果形狀的點心，「餜子」成為舊年對傳統糕點的統稱。這裡的「票」字是「門票」

的意思，昔時，覆蓋在不同商品外包裝上的具有裝飾、廣告作用的紙張有不同的俗稱，如中藥包上的叫「仿單」，茶葉包、點心匣、糕點包上的稱「門票」，即後來人們常說的「點心箋」。憑我二十多年來經眼所及，類似「一美人包餜票」這樣的標注還是罕見的。

再一張是老字型大小天德和的「時式糕點」廣告，我看了看畫面，感覺似曾相識。畫中繪倆旗袍女子，她們在公園手拉手，一邊賞景一邊悄聲說著什麼甜蜜心話……相隨的廣告詞娓娓道來：「你要去探親，必須買禮品，請到天德和，他有好點心，官禮茶食好，時式糖果新，價錢又不貴，貨賤價又真。」讀過細想，如此畫面與我收藏的和順誠月餅箋圖如出一轍，只是後者的環境背景為賞月罷了。我知道，類似形象大多是依照老上海月份牌畫名家杭穉英的作品來描摹的，堪稱二十世紀三四十年代摩登生活的範本。商家、畫家對某些經典形象的一再複製翻版，無疑折射了時年風尚流行的趨勢與眾望。「克隆」何嘗不是老廣告、老商標收藏的有趣看點呢？值得收藏。

廣告畫面上方顯示，天德和位於「城子疃新街市」。「疃」即村莊、屯子，「城子疃」在哪？位於遼寧大連普蘭店城東的城子坦鎮早年名叫城子疃，二十世紀初，日軍將所謂的「關東州」擴張至城子疃，此地進而成為繁華的水陸碼頭。相形之下，沿河出現了商業街，百貨、燒鍋、餐飲、住宿等生意興隆。如今，城子坦已成為大連的歷史文化名鎮。

我和賣主老G順利談妥上述兩張故紙的價錢，然後玩笑著對他說：「得嘞，你的『美女』歸我了。」這時，旁邊忽然傳來一聲陰陽怪氣的咳嗽聲，我以為是路人，並未在意。掏錢要結帳那刻，我又瞧見一張「村姑圖」。此為合記號糕點鋪廣告，出自山西新絳蘇陽村，畫面紅紅火火，城門樓前有兩個身穿紅衣藍褲的農家女挎著腰鼓，敲敲打打，歡天喜地。她們也許是在鬧廟會，也許是在迎接新生活的到來吧。

「也喜歡這張，一起送給我行麼？」豈料話音未落，我身後就有尖嗓女人發話了：「哥呀，愛是吧？加錢唄！我倆站這冷呵的，圖啥？」真好賽螳螂捕蟬黃雀在後，我轉頭一看再一問，原來那是攤主的夫人，她正捧著兩個肉包子和一杯熱水打算讓老伴吃早飯呢。東北女人的眼神有些犀利，好吧，我可以收下這位黑山大哥的「柔豔美婦」，但感覺鬥不過他身邊的東北婦人。甘拜下風，乖乖就範加錢少許便是。

「七裡菱湖」遺留上等絲

「十度投齋九度空，可耐闍黎飯後鐘」，是老故事，假如逛攤淘故紙像投齋，那空手而歸也乃常事，特別像我這樣對藏品要求相對稀見、苛刻的人，「白上花園溜一趟」真的司空見慣。丙申新年過後春暖花開，清早空氣不錯，我連續去逛舊書舊貨攤，權當散步，然收穫平平。得，還是閒暇看看網上吧。

在收藏交易網上發現個有趣的小東西——老廣州采綸號的絲線包裝紙夾，正面為傳統木版印的廣告。很快，我與賣家取得聯繫，無獨有偶，電話裡他說他正在天津鼓樓文玩集市上擺攤呢。嘿，網路縹緲，可轉眼間成了近水樓臺。午休，我們見了面，賣家來自山西忻州，走南闖北亦買亦賣。見那紙夾舊氣十足，邊沿還有幾許鼠咬的痕跡，我初步判斷它大致是清末民初之物。包裝內夾著四組油綠色絲線，每組十二束，絲線品相完好，依舊閃現著百年前的光澤……

紙夾封面廣告文雲：「本店揀選頂上湖絲京絨，巧造各色絨線，各項鮮明。」又見上端有一花式戳記，刻「七裡菱湖」字樣，此與「湖絲」二字成為值得注意的關鍵字。

湖州，素有「絲綢之府」美譽，早在唐代，湖州就是蠶絲的重要產區，至明代已馳譽大江南北。湖絲有頭蠶、二蠶，末蠶等檔次區別，上品頭蠶細而白，俗稱「合羅」，大多為朝中貢品；稍粗的叫「串五」；再差一等的稱「肥光」。舊年每當蠶絲上市時節，各地富商雲集湖州、南潯，蜂擁菱湖、

輯裡，搶購湖絲。輯裡村的蠶絲品質最好，深得海內外市場好評。歷史文化古村輯裡，舊名七裡村，因距橫街、馬腰、南潯等地均為七裡路而得名。村民栽桑養蠶的歷史可追溯到元代末年，時至明代，七裡村湖絲已凸顯「細、圓、勻、堅、白、淨、柔、韌」等特點，「七裡絲」揚名天下。坊間傳說，康熙皇帝、乾隆皇帝的龍袍就是用此地頭蠶所制。

七裡絲、輯絲秘笈在哪?首先，村人所育蠶種優良，俗稱「蓮心種」，特別適於繅制優質桑蠶絲。二是村子地處太湖之濱，河流縱橫，養蠶、繅絲的自然條件得天獨厚。村東有清澈的雪蕩河，大可滿足繅絲過程中需清水、需勤換水的要求。清道光年間《南潯鎮志》記載：「雪蕩、穿珠灣，俱在鎮南近輯裡村，水甚清，取以繅絲，光澤可愛。」三是村民繅絲技術高超，所繅之絲富有拉力，優於一般土絲。如此看來，「七裡菱湖」堪稱不折不扣的金字招牌了，莫怪南粵商人千里迢迢北上採辦，並在廣告顯著位置標下這最叫座的賣點。薪火相傳，輯裡已成為省級非物質文化遺產基地，還建起絲文化園。

采綸號在哪？廣告詞稱：「在粵東省城太平門外打銅街東向開張，貴客光顧請認招牌為記。」粵東地區位於廣東東部，現下通常包括汕頭、潮州、揭陽、汕尾、梅州、河源等地。舊年，廣州、揭陽都有一條打銅街，采綸號到底位於何地？請注意「省城太平門外」字樣。老廣州城太平門城關西面一帶河道縱橫，早在明代即成為重要交通樞紐，到了清代，西關商賈聚居，作坊林立，買賣興隆。太平門外有知名的打銅街，早先街上店鋪以打銅為業，後改名太平街，市面參茸莊、銀號、綢緞莊、百貨店逐漸增多，采綸號便是其中之一。話說揭陽小城也有打銅街，但無太平門因素可以互證。

「七裡菱湖」遺下上等絲，如今想想，小女子絲絲線線繡花紅，這油綠分明是荷之一葉，掩著戲水的鴛鴦……哦，醉了。

美人一身香，窮漢半年糧

記得那年第一次去北京潘家園舊貨市場淘寶，除買了幾張老廣告、老商標之外，還「摟草打兔子」捎帶買了一個小小的舊胭脂盒。當時匆忙，沒顧得琢磨胭脂究竟是啥牌子哪出品等資訊，只是「貪戀美色」，況且價錢不高。後來仔細研究才發現，它是二十世紀二三十年代天津大春林的好貨。

天下美女出揚州，早在明清時期「蘇州胭脂揚州粉」之說已聞名遐邇，「揚州粉」就是創始於明代崇禎年間的戴春林香粉。

戴春林經久馳譽，愈發成為美人時尚的焦點，清代中後期便有許多香粉鋪跟風仿製，生意照樣紅火。當時的竹枝詞寫道：「濃香陣陣襲衣襟，冰麝龍涎醉客心。真偽混淆難辨認，鈔關無數戴春林。」

民國年間，天津出了家「大春林」。張士林創辦的大春林香品店位於城西灣子大街四十七號，專門製造經售各種化妝品，一九二九年六月正式領取了營業執照，兩個月後獲得仙鶴牌商標註冊證書。

正如「美人一身香，窮漢半月糧」所云，舊時代香粉金貴，讓普通女子望之興歎。有鑑於此，天津大春林為謀求大眾的同一幸福，從而選購地道原料，採用當時先進的蒸餾法制出仙鶴牌敷面香粉。一九三四年大春林宣稱：「首重粉質，不事虛偽，並加入蘭麝藥料等劑……而定價奇廉，用法極便，垂今數十年日夜研究，至臻完善，猶不敢自矜。」大春林香粉制法獨特，在精選的母粉（用白蘭、茉莉、珠蘭、玫瑰等時令鮮花薰香過，具有天然花香）中加上天然珍珠粉和專門加工的石粉、米粉、豆粉等，用蛋清液按比例調製而成，最後再製成塊狀、珠狀或粉狀上市。

大春林還出品有一款「茶花公主」擦面撲粉。香粉盒是方形的，以淡綠色為主調，盒面四邊裝飾著歐式邊框，中間的西洋女子格外突出，她上身穿著窄小胸衣，下配層層疊疊的紗裙，腳上穿著最時髦的高跟鞋。茶花公主微微昂著頭，雙手輕輕拽起裙擺，酷似劇照模樣。難道畫中人是小仲馬筆下的茶花女麼？我們雖然不得而知，但從此畫面足可管窺當時天津城市以及大春林的時髦理念與開放程度。盒面上有一小小的立姿仙鶴圖，即大春林商標。

後來，大春林鮮花露香粉上市。我曾得見鮮花露香粉粉盒，是大紅色圓形的，盒面上卻標著「飛鶴牌」字樣，商標圖案是一隻飛翔仙鶴。仙鶴商標圖一站一飛的變化，其中有怎樣的故事呢？有待再加考索。這個紅色盒面上「天津大春林工廠出品」幾個字很醒目，不同於以前僅標「大春林」三字。紅盒側面一圈是飛翔的白鶴，且有「水搽幹撲兩宜香粉」字樣。見盒裡還殘存著細潤香粉與水粉色的粉撲，那香氣沁人，讓人一下聯想起美人們的過往。不僅如此，到了四十年代末，大春林還推出過「蝶香」撲面香粉，粉盒底面也有裝飾，畫面有一隻蝴蝶，它周圍畫著連續的半弧線條，為蝴蝶平添著動感。

大春林系列化妝品想女子所想，自問世以來迅速成為天津乃至三北地區美妝時尚的風向標，俏銷市場。

順便一說，目前尚未見史料表明大春林出產過火柴，可我在某收藏品交易網上發現了一盒「大春林出品」的老火柴。盒面喜慶，一對鳳凰展翅環繞「雙鳳」兩個大字，火柴盒側面還印有立姿仙鶴商標圖，與「茶花公主」香粉盒上的商標一模一樣。

數次牽手鳳祥號

大致是二零零二年的時候，我在天津文廟舊書市淘到一部名為《臨池清賞》的印刷本冊頁，它是老天津知名鞋帽莊鳳祥號遺存的廣告宣傳品。記得清楚，正應了「從南京到北京，買的不如賣的精（明）」那句俗話，當時攤主索價「獅子開口」，但之於我的收藏，此品種樣式很罕見，即便是咬咬牙也要當即拿下。

拂塵展卷，有趣發現詩書畫印與風光名勝的儒雅中穿插著鞋帽廣告說明，可謂宜文宜商，潛移默化，深入人心。

開業于民國初年的鳳祥號是天津知名的鞋帽莊，經營伊始即捲入激烈的市場競

爭中，各商家在精工細制、熱情服務的同時，對於如何出奇制勝地進行宣傳也殫精竭慮，《臨池清賞》蓋緣此而生。首期《臨池清賞》的問世時間在一九三五年中秋前後，隨即在天津學界、工商界引起強烈反響，「刊行後不旬日罄數萬本，士林交相贊許。」

鳳祥號財東張譽聞是一位善丹青、好收藏的商人，他不僅主持編輯《臨池清賞》，還親自繪製封面圖畫並撰寫序言。第二期的封面畫題為《鳳祥染翰》，畫中的學童在案前專心臨帖，帖上書有「後生可畏」的字樣，寓意深刻。在這一期開篇的自序中，張譽聞以簡潔的文字評析了歷代書法藝術的神采，闡明了尊古臨池的意義所在，小楷筆跡不乏功力。《臨池清賞》可謂一炮走紅，始料未及的盛況給了張譽聞很大鼓舞，他在第二期的序言裡說：「首冊迫於時間，限於篇幅，輯未盡愜意，茲當續印，」以滿足書法愛好者和各界的需求。在我先前已珍存的《臨池清賞》第四期中又可見張譽聞進一步的觀點：「夫學問一道，貴乎多見多聞，如淺識短見不足論學矣。譽聞累集臨池清賞，蒙各界師友賜教，是以拋磚引玉，所獲良多。今複整編搜集頗豐，庶于青年學友不無小補，是所厚望焉。」

系列《臨池清賞》正背三十面不等，展開達兩米左右，其中可見柳公權的《玄秘塔碑》、顏真卿的《庚子山枯樹賦》、歐陽詢的《溫恭公碑》，以及《張遷碑》等諸多墨寶，精粹盡賞。第四期中還刊有書法扇面兩幅，其中劉墉（石庵）摹北宋大家蔡京的詩作很有特色。另外，《臨池清賞》冊頁背底有鄭孝胥題書的「鳳祥號」大字，風格獨蘊。

穿插在名墨中的是鳳祥號琳琅滿目的鞋帽商品，每款皆附溫文爾雅的廣告語詞，且明碼標價，童叟無欺。第二期中還特別印有鳳祥號鞋帽量尺法實際操作的實景照片，已屬難得一見。《臨池清賞》豎長如尺牘，易裝入函套，函索即寄，分文不取，促進四鄉八鎮及外埠生意的同時，也為書法藝術的更廣泛傳播起到了積極作用。

一冊《臨池清賞》就這樣引起了我諸多關注，二零零四年的時候我特別將有關資訊寫進專著《再見老廣告》中，不久，鳳祥號的後人張女士幾經打聽聯繫到我，對於《臨池清賞》，她若獲至寶。我們的相逢很有意義，一是我沒有想到鳳祥號的後人還在；二是張女士一家始終深愛著、懷戀著自家曾經的產業與文脈，對於往事如數家珍，娓娓道來。

故事至此也該結束了，可無獨有偶的緣分在二零一四年初又出現了。老廣告收藏圈子裡的一個外地朋友知道我關注鳳祥號，他有針對性地為向我推薦了一件他新近在民間找到的鳳祥號的老帽子包裝盒。當然，我並不收藏老包裝盒一類的午間，主要是收藏空間捉襟見肘，但通過觀察朋友傳來的圖片感覺，這件老帽盒對於鳳祥號來說足可謂「落葉歸根」之要事。於是，我直接老物件推薦給鳳祥號的後人張女士。張女士很高興，當即決定收下自己家傳的舊物，而我也有幸得以面對面零距離對這個老帽盒研究了一番。

鳳祥號老帽盒為圓柱形，高十五釐米，直徑二十釐米，是用厚紙板製成的，帽盒的頂蓋有殘損，帽盒上部兩側的原裝掛繩還在。帽盒外觀裱糊著彩色裝飾紙，整體設計風格為淺紅色碎花裝潢，似碎冰紋，其上穿插著大小不等的圓環、三角形等幾何圖案，可謂中西合璧。

先說帽盒蓋面圖樣。上部似匾額的方框內有「鳳祥」兩個紅色大字，為鄭孝胥題書，左下角可見「孝胥」款式及印章兩方。有趣的是，「鳳祥」字樣上後來被人用毛筆寫上了「子彬」二字，行書體，疑為原帽子主人的名字。「鳳祥」二字的下方是鳳祥鞋帽店總店、支店、第二支店的位址、電話等字樣，但因盒蓋有灰塵，字樣已模糊不清了。

帽盒盒身上有「鳳祥鞋帽店」五個顏體榜書紅色大字，每個字高七釐米上下。書法遒勁有力，端方厚重，為前清翰林、書法名家華世奎所題。傳統匾額、牌匾是老廣告文化研究的重要層面，我曾著力研究、關注，然關於華世奎為鳳祥號寫過牌匾的實事，在此前是鮮為人知、未見提及的。如此說來，這個帽盒的顯身也可謂新史料的發現，且當時天津學界正在搞紀念華世奎誕辰一百五十周年的相關活動。

盒身上單獨貼附的鳳祥號商標圖最為漂亮。商標寬一八釐米，高十點五釐米，整體為明黃底色，畫面四周有牡丹裝飾。商標圖上方的「鳳祥鞋帽店」字樣照錄的是華世奎書法。正中為「註冊丹鳳商標」圖，在丹鳳朝陽的畫面中，除了紅日、祥雲之外，鳳凰左右還有穀穗裝飾，顯現著生機活力。此商標圖整體畫工、印刷很是精細，鳳毛麟角纖毫畢現。

丹鳳商標圖的右側、左側是隸書體廣告語：「本店督造貂騷海龍水獺四季帽品俱全」；「專門製造各界男女應時名鞋物美價廉」。圖下有店址信息——總店：估衣街萬壽宮胡同，電話：二一八四三號；支店：東馬路東門南路西，電話：二二九七四。另據帽盒蓋上的資訊，鳳祥號的第二支店在法租界天增裡，電話：三零七八五。一個鳳祥號的老帽盒承載了諸多歷史資訊、民俗資訊，讓人愛不釋手。

江浙滬聞名《雙金錠》

老上海天一印染廠的《雙金錠》商標畫是蘇州賣家從網上賣給我的，當時他發消息稱：「圖中故事在江浙滬很有名，你怎麼不瞭解呢？」得嘞，我這北方男孤陋寡聞，買下研究便是。

原來，民間故事《雙金錠》約於清代中後期率先在江南傳播，最初名為《太倉奇案》。故事說，明代嘉靖年間吏部尚書黃恩（江蘇太倉人）有一女兒叫秀英，黃父將她許配給了山東巡撫王香的兒子王玉卿為妻。王家的聘禮呢？是皇上御賜的雙金錠。豈料隨著王香病故，王家也就衰敗下來。黃恩心生悔意，於是又把女兒介紹給十三太保龍孟君。此時，王玉卿來到太倉，黃恩逼迫他與秀英解除婚約，可玉卿不答應。於是，黃恩心生歹念，趁玉卿在河塘邊賞月之機將其推入河裡。所幸黃夫人派人前來搭救，玉卿才算保住性命。黃夫人安排玉卿在清淨處讀書，秀英差遣丫環秋菊暗中前去給玉卿送錢送食，此舉恰被黃恩的心腹張進寶發現，張進寶趁機脅迫，進而殺死了秋菊。黃恩誣陷系玉卿所為並將他送入了大牢。此事很快引起民憤，眾人大鬧公堂，而黃恩行賄各方，又把玉卿轉押到蘇州定下死罪。隨即，王玉卿的妹妹王月英與黃秀英雙雙來探監，同時向正在蘇州的巡按禦史龍孟君申告冤情，獲

公斷處理，案情大白，玉卿與秀英喜結良緣。

真正讓《雙金錠》流傳開來要歸功於民間彈詞，較早的演唱代表人是清道光年間的藝人王秋泉。晚清，揚州彈詞名流孔氏、周氏、張氏三家都擅長說唱《雙金錠》，風格不同。比如張慧儂所演《雙金錠》《珍珠塔》《落金扇》等可謂揚州彈詞史上最具代表性的作品。歲月荏苒，《雙金錠》長期經民間藝人口頭傳唱，或藝術加工，或增補演繹，逐漸成為膾炙人口的經典節目，風靡至今。

不僅是演出，連環畫《雙金錠》早在清末（一九零零年前後）即有問世，它是由上海文華書局（閘北公益裡）印行的。約一九四一年，長春「新京」廣益書局出版過繡像本小說《雙金錠》。同一時期，上海廣益書局出版過《雙金錠全傳》，上海大通圖書社出版過楊文龍編撰的白話精本《雙金錠全傳》，其廣受大眾歡迎的程度可見一斑。

有人說，《雙金錠》堪稱一部無法用其他藝術形式替代的揚州彈詞名著。據二零一四年五月七日《揚州日報》報導，學者韋明鏵整理的揚州彈詞《雙金錠》由廣陵書社出版。如今，孔氏、周氏版本均已失傳，只有張氏《雙金錠》傳承有序，「此新版《雙金錠》依據張慧儂於一九八六年七月的手稿本《雙金錠》整理完成，該手稿共三十冊，其中缺失第五回，韋明鏵參考了上世紀五六十年代省劇碼工作委員會編印的鉛印本《雙金錠》，將內容補齊」，且最大程度保留了地方色彩和口頭文學特徵。

具體到此次收集到雙金錠牌老商標畫，是二十世紀二三十年代上海天一機織印染廠的細布品牌，產品「暢銷華南及南洋各地曆有年數」，頗得良好口碑。在這張水彩畫燙金版商標畫之前，該廠已使用過一幅小尺寸的同名商標畫，畫工相對粗糙，線條與色彩也顯呆板。順便一說，天一廠當年產品豐富，除雙金錠牌之外，還擁有交際花牌（倆摩登女子於舞場會面圖）、天雁翎牌（大雁圖）、天倫牌（時髦裝束父母帶孩子在花園玩樂圖）、滿堂彩牌（古裝少年拜壽星圖）等，相隨推出了系列商標美畫。

將門虎子傳美名

在週末的舊書市上，相熟的一攤主給我捎來幾張小年畫，大多是二十世紀五十年代中期上海畫片出版社出版的，舊意十足，且上面還加印了些天津醫藥的廣告文字。我特別挑了幾張老畫家金培庚所繪的娃娃圖，其中最喜歡《櫻桃甜》那張，加印著中國藥材公司天津市公司（小兒）牛黃鎮驚丸廣告。知道金培庚乃馳譽老上海的月份牌畫家金梅生之子，如今這幾張小畫恰與自己收存的金梅生所畫的老廣告相得益彰。

出生于一九零二年的金梅生青少年時代的國畫技藝就非常了得。那時候月份牌畫與香煙牌畫片剛剛興起，金梅生注意收集，愛不釋手，逐漸也想在此領域一展身手。於是，他慕名前往上海土山灣「詠青畫室」，拜師徐詠青研習西畫。業精於勤，金梅生畫技突飛猛進，尤其以水彩畫見長。一九二零年前後，金梅生進入商務印書館專門從事月份牌畫創作。他如魚得水，較為系統地對當時已成名的行內畫家鄭曼陀、周柏生等人的原稿予以悉心分析研究，加之金梅生在商務也參與制版工作，緣此更深領悟了原稿美妙與印刷品成功與否的關聯要訣。胸有成竹的情況下，金梅生的筆端一絲不苟，精益求精，進而形成自己融貫中西、惟妙惟肖的風格。

一九三零年，金梅生成立了自己的畫室，殫精竭力創作月份牌畫，戲裝美女圖特別精到，享譽十裡洋場大上海。與此同時，隨著上海的時尚開放，工商廣告業主更喜歡大美女形象的畫作。廣泛借鑒前人的基礎上，金梅生更加突出筆下美人鮮麗、豐腴、甜媚的摩登氣質，取得了非常好的反響，商家訂單接踵而至。再有，金梅生創作了大量兒童題材作品，比如早在二十年代，他就畫出過《母子圖》，後來的《扶子上車》《姐弟圖》《五福臨門》《上學去》等不勝舉數，將孩童特徵與稚氣表現得淋漓盡致，備受歡迎。

金梅生、杭　英、謝之光三人作品各有千秋，他們一起將中國月份牌畫的創作水準推向嶄新高度。進入二十世紀五十年代，金梅生成為中國美術家協會理事，受聘于上海畫片社、上海人民美術出版社，《霸王別姬》《白娘娘與許仙》《待月西廂下》《小飼養員》《朵朵鮮花獻英雄》《勞動的收穫》等佳作頻出，屢獲殊榮。

將門虎子，金培庚很好承襲了父親的藝術精髓，二十世紀五十年代以來，與父親合作或單獨繪製出《女拖拉機手》《愛鴿子》《幼稚園真快樂》等，受到民眾的青睞。後來，金培庚也熱心參與到月份牌畫教學工作中，培養出不少人才。

走過百年，月份牌廣告畫（年畫）已成為上海非物質文化遺產，需要保護與傳承。據二零一五年二月十一日《東方早報》報導，在《百年風華——上海月份牌一百年》圖文集首發研討會上，年畫家金培庚認為，在歷史長河中無論從經濟效益或精神文明角度出發，年畫一直是為人民服務的。他也回憶起抗美援朝時期的一段往事：「在前線的志願軍……不僅思念故鄉，還想起了曾經購買並深受喜愛的年畫。有一次我家裡收到一封來自志願軍的信，信中提及想要買一些金梅生的年畫，還寄來了買年畫的錢。於是我採購了很多年畫，包裝好再寄往朝鮮。志願軍在極其困難的情況下想到年畫，足以證明以工農兵、歷史英雄、仕女為主題的年畫是人民群眾的精神食糧，對於滿足人民的精神需求和提升文化素養都起到了不可小覷的重要作用。」

女要拜月求靚麗

入夏，在大太陽下逛書攤已有些出汗了。淘故紙不比淘舊書，往往意在閒逛散心，談收穫不大容易，若踫摸到一張心儀的小紙片，堪比浪裡淘沙。逛書攤也是為交友。青年學者劉禮賓與我約好，那天在海河邊會面。我們相識有年，我喜歡他溫文爾雅的樣子，身上不乏舊文人的謙恭遺風。他是一家企業報的編輯，其家族先輩曾為老天津報業的佼佼者，我知道劉兄利用業餘時間也在傳揚發展著這份文脈，用心良多，讓我心生敬意。此次，他為我

帶來新著《企業報編輯學》，請我提提意見。彼此聊天匆匆作罷，因為都要趕時間再去忙工作、忙家務。

就要離開書市的時候遇見書販子小牛，他說書包裡有張老商標正給我留著呢。詎，真乃得來不用費工夫。看了看，商標畫挺漂亮，是二十世紀二三十年代山西豫昌工廠出品的坤襪（女士襪）商標，名為半月牌。圖中繪一古代盛裝女子正在焚香跪拜月亮，雙手合十樣子虔誠。此畫意大致與「半月」諧音吧。

女子拜月習俗古已有之。中秋，唐代女子最愛拜月，宮中民間莫不流行。唐人李端在《拜新月》中雲：「開簾見新月，便即下階拜。細語人不聞，北風吹裙帶。」施肩吾的《幼女詞》進一步證明拜月之俗對唐人的影響，就連小孩也參與其中：「幼女才六歲，未知巧與拙。向夜在堂前，學人拜新月。」古人緣何喜歡中秋拜月？萬物有靈，古人俗信月亮上有位仙人，是代表女性的太陰之神，與代表男性的太陽之神相對應。尤其是嫦娥奔月的神話傳播民間以後，月亮、月神更被生動擬人化，嫦娥成了最美麗的化身。傳說嫦娥能賜女子姣好容貌、和美愛情、幸福家庭，人心所向，所以女人們要膜拜月亮神。

也許，出於維護女子節日空間的考慮，到了明清時代逐漸衍生出「男不拜月，女不祭灶」一說，也可稱之為「節日規則」。民間傳說月亮是美女，若男人跪在她面前叩拜，容易心懷不軌的。此說或有牽強附會之嫌吧。清人富察敦崇在《燕京歲時記》中記：中秋節「惟供月時男子多不扣拜，故京師諺曰：『男不拜月，女不祭灶。』」至於女不祭拜風俗，由來已久，南宋詩人范成大在《祭灶詞》中寫：「古傳臘月二十四，灶君朝天欲言事。雲車風馬小留連，家有杯盤豐典祀……男兒酌獻女兒避，酹酒燒錢灶君喜。」說灶君是炎帝或祝融等神話人物的化身，為男性，而封建社會講究男女授受不親，所以女子祭灶有違禮教。

小牛見我對這張《女子拜月圖》有意，於是又來了精神頭兒，接著從包裡抽出其他幾樣舊年的襪子商標。其中有某廠的《山鼠圖》，畫著在藤蘿鮮果間上躥下跳的兩隻小老鼠；有元記針織廠的《三蝶圖》，畫著在山間芳草地上飛舞的三隻蝴蝶，有大康針織廠的《海棠圖》，以及天津雙興針織廠的《三鮮圖》，畫著西瓜、葡萄、石榴等水果。《三鮮圖》凸顯時代背景與愛國情懷，一面的廣告文字寫到：「我國貧弱日甚一日，經濟壓迫勢將不支，提倡實業富強可期，推銷國貨當務之急，本廠鑒此不惜鉅資，國產原料挽回利權。」

幾樣故紙尺幅雖小，然圖畫精彩，入手為樂。清晨淘寶，如此富趣。

「項莊舞劍」買女襪

二零一六年的春天是我的多事之秋，心情很差，忙於家務，想來大致有個把月沒逛舊書市舊貨攤了。生活還要繼續，希望自己能儘快打起精神來。週四早早起床，趁上班前的空閒到鼓樓集市轉轉，也好散散心。

在鼓樓廣場北側見到一中年女子的舊貨攤，其上有一遝美人圖老廣告畫，啊，我非常熟悉這畫面：耀眼的明黃底色上畫著個粉面如桃的女子，她額前是「劉海兒」，兩鬢梳著酷似小燈籠樣的髮辮，身穿大紅綢衣，手握摺扇，扇面上是大美煙公司的廣告詞，與畫面四角的幾包紅獅牌香煙相映成趣。話說美商大美煙公司馳名於二十世紀二三十年代中國沿海市場，公司出品紅獅牌、紅福牌、老老牌、三八牌香煙，由花旗煙公司代理經銷。之所以印象深，因為我早在二十多年前就已收藏下這張故紙，特喜歡那「燈籠髮辮」模樣，愛不釋手。此其一。其二，日前藏友逛海河邊舊書店、舊書攤後在朋友圈發了幾張地攤實景照，我悄然看見某攤上就擺著這遝美女圖，當時就想，難道此故紙在若干年後出批量了?民間市場深不可測。豈料想，今天在鼓樓再會這組故紙，堪稱無獨有偶的緣分。

上手瞧了瞧這遝裝在塑膠袋中的「紅獅」，共八張，僅前兩張相對完好，餘下皆已破損不堪。問價，人家說打包一起賣。「姐姐，你也在海河邊擺攤麼?」我與她閑嘮嗑。「不，我只在這賣東西。」「那在海河邊書攤上好像也見到過這遝東西呀。」姐姐坦誠，說這就是從河邊買來的，如今倒手想掙幾百塊錢。我對故紙有愛戀有感情，一為那幾張殘品心生惋惜，二想買下那兩張較完整的，可人家決不單賣。「核兒讓你挑走了，其他『邊角下料』誰還要?」她笑著對我說。

此人的攤上還立著兩個舊包裝盒。一個是津地天信誠皮貨店包裝裘皮服裝的盒子，盒面設計時髦，畫有一對摩登夫婦要麼西服革履，要麼旗袍大氅，恩恩愛愛地走在街頭。另一個是天津德華馨靴鞋店的盒子，表面以文字為主。我收藏有一些類似的精品，可惜眼前兩件品相太不贏人了。

接著往北街走，遇一本地爺們兒，他攤上有張民國初年的紙片，僅香煙盒大小，上面畫著五色旗與聚寶盆，是老北京買賣莊的商標，品相還不錯。一問，攤主開價頓時「上刀山」了，順勢伸出仨手指頭。得嘞，俺囊中羞澀買不起。在這裡我還見到一張老舊的香煙牌子，上有「古人不見今時月，今月曾經照古人」之句，意境很美。這小畫片我早有收藏，便不想再收進。

路過一東北女子的攤上瞅見六七雙老襪子，紅的、白的、湖藍色的，乾淨整齊自然舊。俯身端詳，約是二十世紀二三十年代的女子高筒細線襪，襪口還貼著老商標呢，猶如嶄新。這，正是我相中的。自己存有襪子老商標二三十樣，眼前一物可謂很好的實物原標例證。仔細看，其中的紅色一雙是老天津雙興針織廠出品的，名叫金馬牌。商標正面畫著展開雙翅騰空飛行的金馬，背面文云：「本廠不惜鉅資特購歐美名廠新式織襪靈機，禮聘專師研究，貨品精良，顏色鮮明，堅固耐久，且定價格外從廉。」攤主要幾十元一雙，且說：「那上面的商標多好看啊，有人專門收集的。」

聞此，暗暗想笑，我確有「項莊舞劍意在沛公」的意思，扔掉線襪只為標。對於故紙價值，我心裡有桿秤，任憑賣主咋忽悠，我絕不再加價。最後她妥協了，說：「今天這才算開張，圖個吉利吧。」

小囝送紅蛋

大致十幾年前，我在文廟舊書攤群市場的一家小店裡看上了一張早年的小廣告——大嬰孩牌香煙，畫面喜慶，小童子坐在蹺蹺板上，另一端則是一包香煙，細看那倆娃娃好賽孿生，頗是有趣。店主要價奇高，而我捉襟見肘，無奈饞涎欲滴了幾個月後才咬牙收下的。

大嬰孩牌香煙記載著中外商人「龍虎門」的故事。明清時代的煙民們主要吸旱煙、水煙、鼻煙等，現代意義上的捲煙香煙是後來的事。清道光二十二年（一八四二），英國憑藉《南京條約》強迫中國開放廣州、廈門、寧波、上海為通商口岸，「五口通商」開創了帝國主義強迫我國開港的先例。中日甲午戰爭後，中國又被迫簽定了條件苛刻的《馬關條約》，及不久更為甚之的《辛丑合約》，這二個條約幾乎使中國淪為經濟殖民地，外國商人也因此取得了空前的經濟特權。隨之而來，洋貨以絕對的優勢地位瘋狂地湧入中國，來勢兇猛的要算西方的煙草商、石油商們。

一個越洋而至的「海盜」持刀立於甲板，虎視耽耽的樣子。當國人第一次見到這傢伙的時侯是多麼不情願，它包裹的老刀牌煙捲曾一度被國人稱之為強盜牌。它吸引了煙民的同時，進而又暗暗盯上了中國龐大的市場……光緒十六年（一八九零）美商老晉隆洋行率先在上海販賣香煙，並于轉年在天津開辦捲煙廠，老晉隆的品海（PINHEAD）牌煙標成為中國第一個香煙包裝圖案。這兩頭可吸的「稀奇」之物一下子引來了無數煙民癡迷的目光。隨即老刀牌、大英牌（紅錫包）、三炮臺牌（綠錫包）、絞盤牌（白錫包）、哈德門牌等香煙進入上海，大為獲利。外商見中國捲煙市場日益擴大，美商上海茂生洋行率先於光緒十八年（一八九二）在浦東開辦了茂生煙廠，進而形成外國煙草商幾乎壟斷了消費市場。

民國初年，黃楚九叱吒上海商界，他在多項實業獲利致富後，也很看好煙草業，於是在一九一七年興辦了大昌煙公司，決心與洋煙一鬥。當時英美煙公司有一種嬰孩牌捲煙很好銷，而上海人習慣昵稱男孩為「小囝」，黃楚九覺得「小囝」比「嬰孩」感覺更親切更討巧，於是為大昌煙取名小囝牌。香煙盒上畫著個可愛的娃娃，坊間傳說這小孩就是照著黃楚九的外孫畫的。開業新品上市前夕，黃楚九包下《申報》《新聞報》頭版版面大做廣告。第一天，整版面上只是個光禿禿的「大紅蛋」，沒有文字說明，讓讀者莫名其妙。第二天，報紙同一位置出現了一條翹著的孩童小髮辮。第三天，出現了一個梳著小辮的胖娃娃，惹人喜愛。第四天，廣告多了一條標語：「祝大家早生貴子。」是誰？看客們更摸不出頭緒了。第五天，謎底揭曉——大昌煙公司開張，小囝牌香煙問世，公司特向大家報喜，並敬告讀者凡購買一盒香煙隨送紅雞蛋一個（當地風俗得子吃紅蛋）。至此，讀者才恍然大悟。小囝牌香煙火爆一時。

面對黃楚九與「小囝」連珠炮般的攻勢，英美煙公司如坐針氈，為保持英美公司「獨霸天下」的格局，他們仰仗雄厚的資金，與黃楚九達成協議，以鉅資買斷小囝牌商標。黃楚九另起爐灶開辦了福昌煙公司。英美煙公司接續生產大嬰孩牌香煙，其包裝與前身同出一轍，包裝上還特別注明「上海大昌公司前總發行」字樣，隨即也衍生出如今淘到的這紙廣告畫。

舊書店裡扒出「同陞和」

曾結合藏品對老天津鳳祥鞋帽店予以考索撰文，過程中涉及另一同業，名叫同陞和，然見一手資料不多，所以從那以後淘寶時便格外留意相關的老資料，希望能得推進。幾年前，我存有一頁同陞和故紙，但遺憾是殘頁，資訊不多，早已交流掉。天津有句俗話：想吃冰下雹子，這爽快勁在某日逛鼓樓舊書店時被我趕上了——我在「廢紙堆」裡扒拉到一冊二十世紀二三十年代同陞和的廣告折頁。

同陞和鞋帽店始創於清光緒三十年（一九零四），地址在估衣街中間，以經營傳統布鞋、帽子起家。當時，曾協助袁世凱操練北洋新軍的軍機大臣莫爾察•鐵良為同陞和題寫了「同心偕力功成和，升功冠戴財源多」之句，書界名流杜寶楨等也為同陞和題寫過匾額。據廣告折頁封面所示，同陞和注冊商標為鐘星牌，圖案畫一口大鐘下有顆五角星，二者周圍有飽滿麥穗環繞裝飾。

這本小冊子卷首語中明確表明該號成立的時間，不同於現下常見的一九零二年一說。冊子大致印行於二十世紀三十年代中後期。同陞和鞋履以用料考究、做工精良、樣式新穎著稱，《本店小史》寫到：「時間的悠久，名聲的遠大，早被譽為同業之冠，這個良好成績，雖然是由於我們努力的成功，亦實賴各界主顧愛護的所致。」

當時，同陞和一邊擴充門市分店，一邊在一九三五年前後研發增添男女時尚款皮鞋，以高跟鞋最摩登。商家稱：「一切的宗旨仍是本著原有的精神進行，對於工料的求實，樣子的維新，價錢的低廉，處處全以合乎顧主的心理為前提。」果真如此麼？冊子中展示了三十多種鞋靴，圖片、價格清晰明確，有皮鞋、棉鞋、便鞋、繡花鞋、帆布鞋等，面料採用皮革、棉布、帆布、氈呢、毛葛、軟緞等，高中低檔適應面很廣。說到價格，廣告標明高跟女皮鞋約在三元五角至八元五角大洋之間，最貴的鉤眼皮鞋要九元五角，最便宜的布底鞋僅需九角。

同陞和的知名度越來越高，在天津、北平已開設五家買賣：老店在估衣街，總店在法租界梨棧大街，支店在法租界光明電影院旁，新店在東馬路北頭路西，北平分店在王府井大街。北平店是一九三二年開業的。冊中特別印有五家店的外觀照片，很能說明問題。

「為丈夫者，在家則張仁義禮樂，輔天子以扶世導俗」，小冊子背面是柳公權所書的《玄秘塔碑》，大可供書法愛好者臨帖研習，由此也可管窺同陞和重文化的儒商品格。另外，同陞和也曾推出過大書法家潘齡皋的《弟子規》折頁本，一面為字帖，一面是鞋帽圖樣，與手邊這本類似。再有，同陞和重視多種廣告宣傳形式，他們還聘請高手設計海報，派員到京奉、津浦、京綏鐵路沿線各地張貼，以擴大影響。

進入二十世紀五十年代，北京同陞和曾為毛澤東、周恩來、劉少奇等党和國家領導人訂做過鞋子，外國政要名流也紛至沓來。「文革」期間，天津同陞和總店曾更名為長征鞋店。

有意思的是，同陞和的老廣告還成為現今的一道習題（選擇題），請學生分析作答。圖為二十世紀二三十年代同陞和推銷自製的時尚裘皮帽的廣告，圖中一對摩登男女皆戴新帽。題目：「對此理解正確的是？」正解答案：「一，該帽一定程度上抵制了洋帽的輸入。二，中國社會生活受到西方文明的衝擊。」

清晨「逮翠鳥」

鼓樓文玩舊貨市場有不少地攤，逢集日，天沒放亮他們就出攤，有的臨時在商號門前小賣，待店家開門營業時需收攤或挪移。那天，我恰趕上這當口。謹記工作時間，匆匆向外走途中見一男子正忙著斂東西，小攤上僅有七八樣舊書舊紙，當他捏起一張小花紙時我眼前一亮，「等等，我看看。」啥？二十世紀二三十年代英美煙公司的翠鳥牌香煙廣告。挺好，品相完美，可我印象有點模糊，它與我多年前收集到的「翠鳥」是同一張麼？腦海高速「檢索」，還是難以斷定。店家急著攆人，攤主忙著收拾，我更需趕時間，一不做二不休乾脆別怕買重複，收了。賣主說他是第一次來擺攤，原來收「翠鳥」時花

了多少錢現在還賣那價，要撤了，彼此別磨嘰。痛快！真好賽遛早逮到漂亮鳥。

翠鳥牌香煙曾名噪一時，為英美煙公司出品。國際煙草托拉斯英美煙公司於一九零二年在倫敦成立，首任董事長是美國煙草大王杜克。同年，英美煙公司在上海置地建廠，從國外運來機器，利用廉價中國勞動力開始製造香煙，與此同時的宣傳廣告大行其道。

知己知彼，百戰不殆。為遏制以南洋煙草公司為主的同業煙草廠商，英美煙公司不斷推行低價傾銷策略，比如將哈德門牌香煙、雙飛鷹牌香煙大降價，給競爭對手施加壓力。當看到別人的低價煙好銷，一向不重低檔貨的英美煙公司不借本錢，忙生產，創新牌，甚至把價格降到成本價以下——翠鳥牌、紅印牌（其廣告我也有收藏）香煙上市，還刻意主攻對手原本佔據的市場領域。

翠鳥牌香煙上市前，英美煙公司經過一番籌畫，讓上海黃包車車夫們穿上一個特製的馬甲，其上印有大大的「烤」字。車夫奔跑穿梭在大街小巷，民眾見到甚為不解，於是四處打聽「烤」字的奧妙在哪，後來才知道是英美煙公司要推出烤煙型的翠鳥牌捲煙。如此廣告頗有噱頭，效果事半功倍。這裡要說說烤煙，早年它比晾曬煙要金貴。烤煙型香煙起源於英國，配方中全部或八九成使用經過烤制的煙葉，煙絲橙黃，煙氣香味濃郁，所以煙草商不遺餘力在「烤」字上大做文章，強化賣點。

今天淘到的這紙廣告充分證明了上述舉措。該廣告以橙黃為底色，左下方是一包十支裝翠鳥牌香煙，煙標上的翠鳥五彩斑斕，正在水草間低頭覓食。廣告右上部有個紅色的大圓圈，圈內有個大大的「烤」字，與翠鳥圖（從煙標上提煉而得）緊連相扣，引人注目。廣告文以「著名烤煙」來自我標榜，雲：「設非烤煙即非翠鳥牌，除翠鳥牌外皆非烤煙。」文中的三個「烤」字皆被套上紅圈，視覺突出。我早先收藏的另一張翠鳥牌香煙廣告上也有兩隻翠鳥，一在覓食，一在啄起小魚後向上飛。廣告告知顧客：「此煙氣味清香，裝潢精美，價值相宜，當必為君所喜也。」

英美公司為增加廣告的趣味性也煞費苦心，他們曾為翠鳥牌香煙編寫了一則名叫《隔壁聽》的小故事：熊先生和夫人向來很要好，近來卻有點不大和氣，夫人疑心他有外遇了。一天晚上，夫人在書房外透過門縫偷看丈夫在幹啥，只見他摸出一個小東西來，是花花綠綠的盒子，他低著頭說：「你的衣服好綠啊，我要替你穿著；你的嘴唇好紅啊，我要和你接吻，你真是一隻最好的小鳥啊！」夫人聽到這再也控制不住了，憤憤沖進書房，搶來一看，原來是一盒翠鳥牌香煙。

「驢美人」蹉跎記

報告諸君，家有妻小的我曾喜歡上了一個牽著毛驢款款而來「美人」，我打定主意要將寶貝請進家。玩笑故事，說來話長。

二零一三年七月初，我在某舊書網發現一幅老商標畫，名叫《驢美人》。網購乃潮流，可故紙不同於一般舊書，相對更嬌氣更易損，且有隔山買牛之慮，所以我

出手比較謹慎。說實話，覬覦「心上人」已久，盯著網頁反覆研究過。七月一九日那天確按耐不住了，遂下單。上海是出老貨好貨的地方，賣家網名N就在滬市。待對方確認前，我又

其所言的九五成品相以及潔淨度等問題，與之進行了溝通，目的是以免節外生枝。得到答覆：「背面乾淨沒問題。」商妥價格，付了郵資，即通過仲介交割，同時拜託賣家千萬要包裝好並掛號郵寄。我想，最遲十天后就能見到「美人」了，不由心生歡喜。

咦，怎麼遲遲不見發貨呢？時過一周，我發出詢問，N說經常在外地，讓稍等。按交易規則，若超出發貨時限，身為買家的我可以要求退款或投訴。但我相信賣家真的忙，只好忍。當再次催促時，N說已郵寄，但未見其依據流程應填寫的資訊，尤其是掛號單據號碼。幾天後，沒想到賣家回覆我卻稱單據找不到了，還要耐心等。我心中雖不免萌生一絲隱憂，但還是淡定地請對方繼續查找號碼。焦急，每天幾次到收發室，可謂望眼欲穿。牽著毛驢的「美人」到底行進到了哪裡？其間，我出差在海南數日仍放心不下，一邊問家裡消息，一邊聯絡賣家。N改口說是朋友代寄的，大致粗心將收件地址誤寫成了名稱類似的某大學。我心想，只要「美人」落腳天津就不難找到。歸來，通過關係，輾轉疏通，冒著酷暑速速奔到那所大學查找。學校正放暑假，但收發工作認真，翻遍幾頁掛號函件登記簿，竟毫無線索。我有些上火，難道這就是我與「美人」的緣分？難道出了「無頭案」麼？

八月十三日，賣家又來消息：「不好意思，你先取消並退款吧，也恰好後悔賣出。」本人回覆：「覺得蹊蹺，再等等看。不單純是退款的事，因為已經付出了精力與時間。」看來需要與N展開攻心戰：「你沒有發貨號碼什麼也無從談起，即使誤寄到津也該退回上海了，我可以通過貴地朋友代收。」其實，此刻我有了放棄、投訴的念頭，但不，我自信二十多年來與故紙的情緣，一定要得到《驢美人》。

出現曙光是在八月十五日上午。我突然接到上海來的電話，那端嗲聲嗲氣的女子姓李，自稱N賣家，這是我們首次直接通話。終聞其聲，該是好事。她說才發現《驢美人》還沒寄出呢。啊！我不想再往下聽，連連敦促對方馬上用一家最快最安全的速運公司發貨，二十二元運費由我擔負，唯希望早一刻見到「美人」。從此，翹首以待。據以往經驗，津滬兩地若走這一家速運轉天必達。

直到晚間，對方也未履行電話中的承諾，即下午郵寄後即將運單號通知我。問詢短信發過去，無回音。百爪撓心中，我與妻開玩笑：「索性到上海接回『美人』吧。」沒想到妻真的吃醋了，調侃道：「天天就惦記你那『三宮六院七十二妃』，我這『正宮娘娘』還值得您瞅一眼麼？」啊，俺比竇娥還冤。我又煎熬了一夜，饞涎欲滴。

次日中午終於得到號碼，速查：快件在運送途中，預計當天下午六點前投送。焦躁中臨近下班仍無消息。晚上複查：因機場流量控制，「美人」還在寧波機場集散中心。這！有點天方夜譚了吧，中午報告何來？平心而論，這是多年來我第一次對該速運公司表示失望。怕只怕糗事趕一塊「驢到極品」了。夜夢中，似望到她牽著毛驢擁擠在機場的情景。看來，我這蟲子已病入膏肓。

十七日醒來續追，一直開著網上查詢的頁面，期待最新資訊……網友得知此事，發來消息稱：「美人等煞兄。」我苦笑曰：「寢食難安。」捱到下午三點半，淨水潑街，黃土墊道，遠接高迎，牽著驢慢慢走的「美人」終於抵津了。我好像聽到「劈裡啪啦咚」的鞭炮聲，如喜事一樁。

燈下「掀起紅蓋頭」細品鑒，《驢美人》確為佳制，乃民國初年外國紡織品商人在華推行的故紙。製版印刷清晰，顏色厚重，四周蝙蝠花邊工細雅致，特別是印金部分依然顯現著光澤。該品牌在當時已正式註冊，畫面整體設計也體現出因地制宜貼近中國民情的思路。清末民初以來，身在東方的洋商很快懂得了放下身段入鄉隨俗的行銷策略，畢竟，貨要快銷牟利。

但見畫中人粉面桃花，遠山眉，櫻桃口，烏髮光滑，額髮中分，髮後盤髻，頭上還飾著一朵花兒。她身穿水粉色碎花襖，硬高領，七分袖，典型辛亥之初的時髦打扮。白皙手臂半露，腕上戴金鐲，儼然是個富家女。再看纖纖玉指，輕挎韁繩，將讀者的目光引向俯首貼耳的毛驢。這等畫面也為美女身份的判定帶來遐思，她那深情回眸容易讓人聯想到畫外的情郎哥……百年後，恐怕誰也無法解析畫師當時的靈感，如此更平添了故紙溫暖的魅力。

我有點陶醉，可當翻看背面時又驚醒了。紙背有一處明顯的C形漿糊殘跡，周邊還有幾點小修小補，顯然不符合原稱品相標準。另有細節更讓人覺得冒汗：這「美人」是被裝在一男士內衣的塑膠袋裡寄來的，內中尚存疊衣所用V形金屬鉤，若在途中稍有擠壓，必定破相。「美人」萬幸逃過一劫，或許是冥冥之中的事。

瑕疵是一忌，退貨？說到底，交友是緣，能容人處且容人；收藏是緣，我怎捨得眼前這費盡心機來之不易的故紙。又念，藏品有時像戀人，小斑小痘在所難免，你若真心愛她就不必苛求十全十美。好，蹉跎終得「美人」歸，她是我的了。

幫忙順便收穫「老商務」

二零零八年一一月九日《每日新報》在「天津新聞・熱線」版以《清末買書，天津能「函購」——市民發現一百年前商務印書館老廣告》為題，刊發了這樣一則消息：

「市民王女士在家中發現了一張天津商務印書館的老廣告，這幅廣告距今已有一百年左右，廣告上的『函購』字樣表明那時候就出現了『郵購』的消費方式。這張老廣告紙張很薄，高六十釐米，寬三十釐米，上面印刷的字體全都是毛筆手寫繁體字。廣告上用大字寫著」商務印書館經營文房四寶、出版五彩石印」等字樣，詳細內容則是『本館……編輯各學應用教科書籍……如蒙惠顧及遠近函購……』從廣告內容看，印書館除經營文具、印刷業務，還辦理郵購圖書。記者查閱資料瞭解到，商務印書館成立於一八九七年，最早出版教材和教科書，一九零六年在天津大胡同一帶設立分館。」

當時，報社的記者朋友獲知這一新聞線索後聯繫到我並傳來圖片，希望我能明解讀一二。查找相關資料後，我與記者進行了電話溝通。新聞見報後，我發現文中「一張天津商務印書館的老廣告」說法有誤，應為「上海商務印書館」更準確，究其原因，大概是記者誤解了我曾在電話裡提及的商務印書館曾在天津開過分館的說法。如此也就又有了文中「天津能『函購』」之誤。

新聞見報後，我輾轉通過關係成功購藏了這張上海商務印書館的招貼廣告，得以零距離地認真研究。

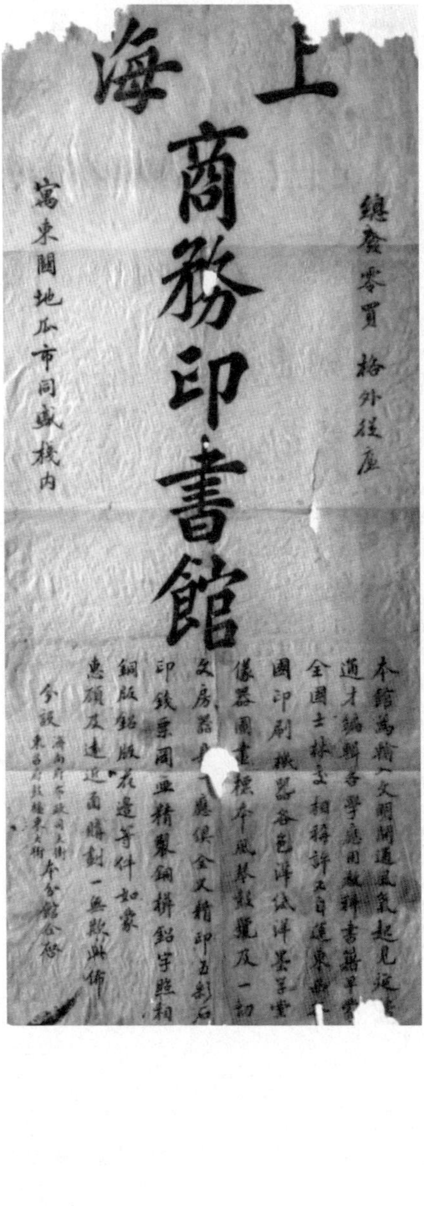

商務印書館大名鼎鼎，清光緒二十三年（一八九七）創辦於上海，一九五四年遷址北京，是中國出版業中歷史最悠久的出版機構。印書館從小做起，初期只是承印些商業簿記表冊、帳本、教會圖書等，故名「商務」。秉承「昌明教育，開啟民智」宗旨，張元濟、夏瑞芳等出版家艱苦創業，為日後的發展打下了堅實基礎。商務印書館創立不久就成立了股份公司，同時聘請高夢旦、王雲五等一批傑出人才，開展以出版為中心的多種經營，很快實力大增。他們編寫大、中、小學各類教科書；編纂《辭源》等大型工具書；翻譯推介《天演論》《國富論》等西方學術名著；出版魯迅、巴金、冰心、老舍等現當代著名作家的作品；整理《四部叢刊》等古籍；編輯「萬有文庫」、「大學叢書」等大型系列圖書；出版《東方雜誌》《小說月報》《自然界》等期刊；創辦東方圖書館、尚公小學；生產教育器械，甚至還拍攝過電影等。

商務印書館的創立標誌著中國現代出版業的開始。比如在光緒三十三年（一九零七），它在國內率先採用珂羅版印刷；在光緒三十四年（一九零八），出版了第一部由中國學者自己編纂的雙語《英華大辭典》；在一九一二年，首家採用電鍍銅版印刷；在一九一三年，最先使用自動鑄字機；在一九一五年，最早採用膠版彩色印刷，影響深遠。

我們在此特別要說的是，商務印書館也是中國現代出版業中最早探索開設分館制度的出版機構。商務印書館發展壯大後，並沒有滿足自身在出版業的核心地位，他們深知中國幅員廣闊，若能卓有成效地普及文化、推廣教育、宣導閱讀，必須依靠有效的行銷手段。有鑑於此，上海商務印書館自光緒二十九年（一九零三）在湖北漢口開辦了第一家分館，接下來不斷拓展，進而在各地廣開分支書館，大致有四十多家，遍及國內各大城市，遠至海外新加坡。這些分館在書店服務之外，更成為知識界、教育界人士樂往交流的好地方。分館能將讀者的需求快速回饋，有助於商務印書館對圖書品質的提升。

話分兩廂。我如願以償收藏了這張招貼廣告，展卷研讀發現，它實際上是上海商務印書館在山東濰坊、濟南、聊城的分館印行的，所用紙張為薄薄的粉連紙，用木版（或石版）手工印刷的，推出時間約在清末年。根據印刷、用紙推測，這紙廣告在當時的印量不會很大，它能歷經百年遺存至今，且品相較為完好，實屬鳳毛麟角了。

此廣告頂頭有「上海」二字，中上核心部分醒目書寫著「商務印書館」楷體大字。館名右側有「總發零賣，價格從廉」字樣，左邊有「寓東關地瓜市同盛棧內」。

另外，在此「地瓜市」分館名下又豎排兩行稍小字樣：「分設濟南府布政司大街」和「東昌府鼓樓東大街」。

廣告的下半部分是重頭戲，文稱：「本館為輸入文明開通風氣起見，延聘通才編輯各學應用教科書籍，早蒙全國士林交相稱許，又自運東西各國印刷機器，各色紙張洋墨、學堂儀器、圖畫標本、風琴鼓號及一切文房器具，一應俱全。又精印五彩石印錢票圖畫，精製銅模鉛字、照相銅板、鉛版花邊等件，如蒙惠顧及遠近函購，劃一無欺。此布。」

需要說明的是，文中的「模」字，在這張清末故紙上被手寫為一個異體字：左右結構，左為「木」旁，右為「算」字。此字何解？我查找了多樣工具書，皆不得其解。就此，我專門向首都師範大學教授侯會先生髮函請教。侯先生復函稱：在收字最多的《漢語大字典》中也未查到。疑為「模」字。銅模意為「用紫銅或鋅合金制的澆鑄鉛字的模型。」」例如：魯迅在《集外集拾遺補編・文學救國法》中有「取所有印刷局的感歎符號的鉛粒和銅模，全數銷毀」的表述；茅盾在《我走過的道路・商務印書館編譯所》中有「此時的商務印書館……能制照相銅版、鋅板、銅模和澆鑄鉛字」的表述。侯先生答疑有理有據，解我文愁，讓人感佩。

據廣告上的地名（分館）資訊可知，商務印書館較早就將觸角發展到山東繁華地區，或駐莊或開分館。

且說濰坊東關一帶自古繁華，大小生意沿街成市，後來逐漸形成了魚市街、估衣市街、米市街、地瓜市、針巷子等頗具行業特性的街市，商戶、居民越來越多。

東昌府，即如今聊城市東昌府區。明清兩代，東昌府得益于京杭大運河漕運興盛，經濟繁榮，文化昌盛。東昌府名人輩出，人傑地靈，自是文明禮儀之邦。

再說濟南府。布政司大街（今省政府前街）位於布政司署前，南北向，此地周圍有貢院、濼源書院、尚書府等，學子雲集，文化氣息濃厚。舊時，布政司街、後宰門街書鋪林立，是泉城著名的文化街，可與京城琉璃廠相媲美。據濟南市政府門戶網站「中國•濟南」之《文化之城•大事記》記載：「一九零七年（光緒三十三年）二月，商務印書館濟南分館在院西大街開業，經理沃子敬，經銷本館書籍，兼營文具，為濟南新書業之始。」比對發現，老廣告中標示的「布政司大街」與官網《大事記》中所說的「院西大街」二者間存疑不同，有待進一步考量。總之，商務印書館濟南分館的開辦推動了近代濟南圖書業的發展，更多市民通過優秀書籍接觸到了近現代中西文化。

收藏，有時就是一種可遇不可求的機緣，百年後，上海商務印書館的這張招貼廣告在天津現身，恐怕也不乏此意吧。

天津設衛建城於明永樂二年（一四零四）。自正統元年（一四三六）天津文廟開辦衛學以來，各類教育教學機構如雨後春筍，至清康熙年間，又有更高一級的書院相繼出現。文風昌盛、教育興學對各類書籍的需求量日益增加，為天津圖書、出版業的興起帶來了發展空間。早年，津地書坊多位於老城北門外、大胡同、東門外、東馬路一帶。另外，北洋新政以來開闢了河北新區，打通了大經路（今中山路，與東馬路相連），加之北洋師範學堂、北洋女子師範學堂、直隸高等工業學堂、直隸法政專門學校、直隸水產專門學校等相繼建立，大量的學子文人頻頻光顧大胡同、東北角一帶的書坊、書局。

光緒三十二年（一九零六）年，上海商務印書館選址大胡同開辦了天津分館，為天津圖書銷售走向現代帶來了新風尚，並對津城文化產生了一定影響。比如當年，商務印書館聯手《京津泰晤士報》在北方地區發行代售三十五巨冊一套的《大英百科全書》，書館連續在天津《大公報》刊登廣告宣傳招徠。

不久，上海文明書局、中華書局、世界書局接踵而至，在津開設分號，此後陸續開業的還有大東書局、大眾書局、文化書局、江東書局、南洋書店、華新書局、東亞書局、集成書局、華洋書社、聯益書局等。幾年間，大胡同、東北角一帶書店林立，書香氤氳，甚至稱得上是全國新書薈萃之地，讓人流連忘返。

最知名的藍布故事

這些年週末逛書攤逛舊物市場，陸續淘到多樣二十世紀二三十年代的「陰丹士林」老廣告老商標，自成系列。陰丹士林色布曾給至少兩三代民眾留下過深刻的印象，老輩讀者對「陰丹士林」、「士林藍」、「士林布」等名稱耳熟能詳。

陰丹士林是一種還原染料名，德文 Indanthren 的音譯。還原染料耐洗、耐曬，牢固度高，用它染成的布俗稱陰丹士林布，其中以藍色布尤其經典、暢銷，其他種類也很多。談及陰丹士林染料的發明，有段軼事說來有趣，故事的主人公就是我國民主愛國人士、著名化學家曹任遠。祖籍四川自貢的曹任遠十六歲時被選派日本留學，從此開始了化學基礎與應用化學的研究。一九一六年，曹任遠畢業後回到上海。轉年，他又赴美國的幾所大學攻讀化學專業，兩年後獲碩士學位。曹任遠於一九一九年再赴德國留學，成為著名化學教授 Busahen 的學生。

據同期留學德國的化學家李乃堯回憶，曹任遠在緊張的學習研究之餘喜歡釣魚，有一次一個同學趁曹任遠去釣魚的空兒悄悄來到他的實驗室，打亂了一些藥瓶原來固定的擺放位置，意在玩笑。曹任遠回來後仍按以往的習慣和比例配合化學

成分，過程中不慎碰倒了配好的液體，污染了潔白的工作服，出乎意料的是他即使用最好的潔白劑也無法洗淨。第二天清早，他驚奇地發現工作服上留下的竟是漂亮的鮮藍色。站在曹任遠身後的 Busahen 教授正微笑地看著他，親切地問他是怎樣試驗成功的，請他按這種配方重新配製看看。曹任遠這時才發現藥瓶並不是原來的位置，於是將錯就錯照樣重新配方，白布被浸染後鮮藍奪目，久洗色澤不減，越洗越鮮。這便是陰丹士林布的前身。曹任遠將這一發明寫成論文，獲得了德國化學博士學位。

曹任遠一九二四年學成回國，在成都經營了一小段時間陰丹士林布廠，產品供不應求。此後，曹任遠在國內數所大學任教，培養了許多人才。

近代以來，西方商人紛紛將目光投向我國沿海開埠城市，至十九世紀末，德商在上海開辦的企業達八十多家，遠超美國、法國。一九二六年德商德孚洋行於十裡洋場開業，以染料經營為主。當時，中國傳統手工染整業正在發生變革，逐漸被機染所替代，德孚洋行不僅牢牢控制著陰丹士林染料的生產處方與銷售，還出產或代理品質上乘的陰丹士林布，幾乎龍斷了中國市場。

陰丹士林注重廣告，宣傳的目的是贏得顧客，如何能打動消費者是陰丹士林經銷商日思夜想的事。顧客手中的每一枚銀元都是辛苦所得，顧客花錢講求物有所值。陰丹士林廣告的立意注重強調生活實用消費理念，避免空洞的浮萍式言辭。潛移默化的親和力——陰丹士林行銷中特別具有推動力的法寶。

我收藏的這幅《陰丹士林家庭空中歷險記》連環畫式廣告，相對少見。圖中描繪：光頭先生一家四口乘飛機遨遊天空，一會飛近太陽，一會飛進雨區，他們的士林布衣服毫無褪色。忽然有只飛鷹撞向飛機，一家人跳傘落地，不幸掉到賣雞蛋的攤子上，摔到石灰水中，但全都安然無恙。經過皂洗，他們的衣服仍像新的一樣，全家甚為歡喜，真乃「快樂的陰丹士林家庭」。

書攤上「買布頭」

那日閒逛舊書市，大太陽下，我貓著腰在一地攤上的故紙堆裡翻檢了半天，總算有點小驚喜呈現。淘到什麼？二十世紀二三十年代陰丹士林布的廣告宣傳折頁。它實為上海光華機器染織廠出品的各色布匹的樣本。

光華廠開設在上海盧家灣南魯班路，專染綢緞毛料布匹，並製造各色絲光紗線等，重要的是，廠商所用顏料（陰丹士林染料）皆源自德國裕興公司，且代理經銷。該廠的批發處在上海法租界三茅閣橋南頭。此次所獲老樣本是五折頁式的，打開長四十釐米，高十六釐米。看折頁封面，廣告意味顯著。上部是光華廠的注冊商標——龍船圖，畫面為龍舟競渡的情景，圖下文字在提示顧客：「注意，陰丹士林色布每碼布邊上均有『光華廠染』和『陰丹士林』商標標記。此布最鮮豔、最耐久，永不褪色。」

舊時，陰丹士林布確以「不褪色」著稱於世，備受顧客好評。陰丹士林是一種還原染料，耐洗、耐曬、牢度較高，以此染成的布料被人們俗稱為陰丹士林布，其顏色不僅有經典的藍色，其他種類也很多。為保護產品和消費者利益，正宗陰丹士林布會在布邊連續印有「晴雨」商標，在每匹布的「機頭」上再貼上一張精美的商標畫。陰丹士林布品質上佳，正如此樣本內頁的廣告詞所稱：「三大特色：不褪色、布牢固、最經濟。」

二十世紀二三十年代，男裝以深藍色、湖藍色最為流行，女裝以深淺不同的各色藍旗袍最為經典，所以陰丹士林藍布的銷量最大。光華廠的樣本內貼有十幾樣深淺不同的藍色布頭（舊稱：號頭），每樣一小塊，火柴盒大小，按編號排列，讓人一目了然，方便顧客。光華廠在樣本上言明：「貴客要買何色隨意揀選，請將號頭抄明，送到敝廠，即行送上。如蒙賜顧，不勝歡迎。」

除常規細布之外，一些布頭下端標注有「竹布」二字，所謂竹布，一般是指淡藍色的布紋緻密的棉布，常用來做夏季服裝。竹布也有白色的，叫白竹布。竹布流行於舊時代生活。老舍在《四世同堂》中描述：「天佑太太紮掙著，很早的就起來，穿起新的竹布大衫，給老公公行禮。」冰心在《往事‧六一姊》裡也寫到：「她是那天和六一姊同坐的女伴中之一，只有十四五歲光景。身上穿著淺月白竹布衫兒。」琢磨著手邊的這件故紙，我也聯想起前一度電視連續劇《陰丹士林》的熱播。在老上海，有無數人追逐著夢想，一個平凡羞怯的女孩——林瑞喜，她從最底層的鄉村到了最耀眼的電影圈，因一件陰丹士林布的旗袍意外地獲得了愛情、事業，也獲得了為之獻身的理想……

這件實物樣本折頁也與自己早前收藏的幾張陰丹士林老廣告互為補充，相得益彰。中青年女士，特別是摩登女子，一直被陰丹士林視為最具購買力的消費群，因為她們對美的追求永無止境。在陰丹士林五光十色的印刷品廣告中，由上海名家繪畫的許多旗袍女性形象閃亮其間，她們或端莊秀麗，或香豔婀娜，無不在暗示：你想像畫中人一樣出眾嗎？請用陰丹士林布。各種開型的大美人系列廣告畫編號成套發行，頗具規模。其中的一號月份牌畫或卡片早已成為今天收藏家千金難尋的珍品。另外，明星的一顰一笑無疑具有強大的號召力，精明的陰丹士林商人心知肚明。二十世紀三十年代初，以出售陰丹士林布料為主的上海大中華布匹公司將當紅影星蝴蝶的形象請上巨大的看板，並請她題寫了「陰丹士林色布是我最喜歡用的布料」這樣一句話。「雲想衣裳花想容，春風拂檻露華濃。」影星陳雲裳也曾作為陰丹士林的形象代言人，大城市的街頭巷尾隨處可見月份牌廣告畫上陳雲裳的倩影與嬌顏。

上佳品質加上有效推動，陰丹士林布曾給至少兩三代中國人留下了深刻的印象，如今五十歲以上的讀者對「陰丹士林」、「士林藍」、「士林布」的名字耳熟能詳，記憶猶新。有段傳統相聲叫《賣布頭》，而我逛書攤買布頭，權算閒情一樂吧。

花錢「買地名」

寫下這題目不免讓人覺得有點怪，有花錢問路尋道的，咋還有花錢「買地名」的呢？之於老廣告、老商標收藏而言，我很看重故紙內外顯現的細節，常自視其為別樣的、獨特的「文獻」資料，所以再小再普通的畫面上，但凡具備一點點有價值的資訊，我也會動動心思認真考慮是否要收入麾下。比如，對於語焉不詳的老地名，對於名人名流故居地等。故紙與歷史人文、民間傳說兩廂交融，遺存至今，必是耐人尋味的。

二零一四年春天，我曾在舊書店中見到一張老天津義興永玻璃鏡子莊的小廣告，是個本地人在

賣，當時的狀態是它有一厚本子，也就是說後來人曾廢物利用，把剩餘積存的這紙小廣告裝訂成了本子，利用白背面來寫寫畫畫。

記得當時尋價，攤主開價較高，問緣由，他說：「這是『樂壺洞』的，你知道麼？你聽說過這天津老地名麼？」聞聽此言，我才認真瞧了瞧地名那幾個小字。轉而心想，這般大批量出現，也就沒必要花費太多，所以放棄沒買。時隔不久，藏友崔先生贈送我一張這小標，也算如願以償了。

小畫實為義興永商號出品的方形面鏡背後的裝飾襯紙，花花草草，還算漂亮。畫面上端有「義興永」紅色大字，其下便是「提倡國貨」與「工精價廉；真不二價」的字樣。再看下端，義興永廣而告之稱：「本店自運上等材料專造新式各樣鐵邊木邊洋鏡發莊。」值得注意的又一行藍色小字寫著：「倘有無恥之徒假冒本號花樣式者，男盜女娼。」早年，玻璃鏡子大多為舶來品，堪稱時髦摩登之物。可想而知，當時義興永的鏡子很有市場，一定是引來了其他商家的仿製冒牌，如若不然，義興永也不會在廣告上亮出此等「狠話」來。

畫面兩側標示著義興永的位址：「開設天津北門外樂壺洞大街中間坐東向西便

是。」恰如那個賣家所言，正是「樂壺洞」三字引起了我的興趣。

關於天津「樂壺洞」這個地名，現下已很少有人知曉提及了，隨著歲月的更迭，它被「北門外」、「北大關」、「河北大街」等叫法所淹沒。殊不知，樂壺洞及其前身叫法在清代中後期、民國年間是響噹噹的津城地名，民國《天津地理買賣雜字》中多收民風精粹，其中道：「南斜街，磨盤街，毛賈夥巷鍋店街。樂壺洞，缸店街，竹竿巷南針市街。」那麼，「樂壺洞」緣何而來呢？

早年民間傳雲，說乾隆皇帝下江南有一次駐蹕天津時微服私訪，他見天津城北門外熱鬧熙攘，於是巧計脫離了文武大臣一干人馬的前呼後擁，獨自在街上溜達起來，也算愜意。走著走著，乾隆爺發現路邊有個老頭在賣老人參，順便上前探問幾句。那老頭一臉苦相地說，家裡出了大事急等用錢，走投無路才拿出祖傳的人參來換點銀子。乾隆爺心生惻隱，但見人參碩大飽滿該是不錯，便掏錢買下了。接著前行，又見賭錢攤前圍滿了人，好熱鬧的乾隆爺上前觀瞧。「呵，瞧這位爺，天庭飽滿地閣方圓氣宇軒昂真不凡，一看就是好運氣的發家有錢人……」乾隆爺架不住攤主與看客虛捧，不明就裡跟著下注碰起運氣來。結果呢？先贏後輸，最後連外套都輸給了人家，只剩內襯便衣了。

話分兩廂，當隨從們發現乾隆爺「丟了」，可嚇壞了，無不火急火燎團團轉。大家找了半天才在賭錢攤附近尋見主子，見乾隆爺尷尬地坐在道邊正生悶氣呢。願賭服輸，其實虧點錢也就罷了，乾隆爺心想還得了一顆大人參呢。他讓下人們看看那人參咋樣，沒想到大家面面相覷，顯得苦笑不得。乾隆爺丈二和尚摸不著頭腦，命他們從實說來。原來，那人參是用大蘿蔔偽裝假冒的。這下，乾隆爺惱羞成怒，氣哼哼地對手下吼道：「這是什麼鬼地方，簡直就像吃人的老虎洞！」

就這樣，「老虎洞」雖不好聽，可也算「御賜」啊，此名還是一傳十十傳百叫響了，很多人因此也將北門外一帶稱為「老虎洞」，直到清末年。北門外老虎洞一帶素來是買賣旺地，當日子進了民國年，氣象日新，有的商戶愈發覺得「老虎洞」這名字不吉利，不利於做生意，思來想去，有聰明人靈機一動說出了諧音——樂壺洞。

地址、地名搞清楚了，那義興永玻璃鏡子莊為什麼擇居此地呢？

此地古來便是老城「拱北」通京大道，加之地近南北運河、海河三岔河口之畔，所以很早就成為天津重要的商業中心。這片街區以北門外大街為中心，包括北門裡大街、河北大街、估衣街、鍋店街、侯家後、洋貨街、竹竿巷、針市街等，商店鋪戶鱗次櫛比，從早到晚車水馬龍，行人摩肩接踵。做買賣愛紮堆兒，舊時北門外一帶有幾十戶經營玻璃鏡子的商戶，除了義興永之外，還有同祥湧、恒昌、義順和、義興德、潤泰祥、天興等店鋪，生意十分興隆。

這樣的歷史人文與民間傳說背景為這張義興永廣告故紙的解讀找到了支點。

再來說說另一個「買地名」的故事，且與李叔同——弘一法師有關。

二零一四年五月間，我在一東北女人手裡買到一張二十世紀二三十年代天津同順和合記的紡織品商標，畫面精細描繪著和合二仙的神話故事，形象生動，色彩明麗。畫面四角有「完全國貨」字樣，兩側標「政府註冊，放造必究」字樣。顯然，其中的「放」該是「仿」字之誤，不知當時是商家還是畫家馬虎大意了，就這樣大宗地印刷推行出來。如今看，也算錯版老商標之一種吧。

老商標下端標示的廠址引人：「天津河東糧店後街」。一八八零年，李叔同（名文濤）出生在糧店後街陸家豎胡同二號，後遷居糧店後街六十二號，並愉快度過了青少年時代。

「春去秋來，歲月如流，遊子傷漂泊。回憶兒時，家居嬉戲，光景宛如昨。茅屋三椽，老梅一樹，樹底迷藏捉。高枝啼鳥，小川游魚，曾把閒情托。兒時歡樂，斯樂不可作。兒時歡樂，斯樂不可作。」一九二一年李叔同（弘一法師）在上海寫下了《憶兒時》這首歌，可見他對天津出生地、故居的特殊眷戀。

糧店後街原在天津海河東路北段東側，北起向河胡同，南至興隆街。此地位於舊三岔河口以南，連通天津港、海河、運河，南來北往的漕船、糧船雲集，是北方重要的商貿碼頭與糧食集散地，並形成了繁盛的糧棧集聚的糧店街。另外，糧店街內還有乾隆二十六年（一七六一）興建的山西會館。此情此景，在清人所繪的《潞河督運圖》中即有充分展現。後來，為了儲運裝卸方便，各家糧棧紛紛開了門面，進而形成糧店前街、後街。

糧店後街六十二號就在山西會館斜對面，是一處占地一千四百平方米的宏大宅院。據李叔同孫女李麗娟在媒體上回憶稱：「前院為三合院，有北、東、西房各三間，北房後邊是一個小後院，只有三間灰土房，東、西各有一小廈子，前院牆下磨石抱角，房上有一米左右高的女兒牆，院內有一棵大樹，老宅的不遠處就是原北運河的河身（一九一八年河身裁彎取直後改為東河沿大街），順河往東是金鐘河，沿河是一片樹林。」

李叔同在糧店後街故居奠定夯實了文學與藝術基礎，結交了名師益友，是他人生風帆的起點，藝術生涯的基石。一九一二年，李叔同離津赴滬。二零一零年，李叔同故居紀念館在原址成功複建。

西湖十景相伴美人香

農曆二月二「龍抬頭」日子剛過，週末的清晨，站在冰淩消散的天津海河畔一眼望去，四下已萌生早春的色彩，恰是遛早閒散、逛攤淘寶的好時節。實話說，自從部分舊書攤挪移到海河東岸一帶，人氣清冷了不少，現下買與賣的常客皆可謂對舊書報舊紙頭抱有一定的「執念」。

那日的攤子只有二十幾個，一字排開，我先是快步觀察一番，僅見一個外地商販擺賣。我喜歡在外地客的攤上踅摸，因為「吃慣甜頭兒」了。果不出所料，在這瀋陽老哥的攤上，我發現了一套老式「香片」，眼前一亮。此為何物？茶葉茶名？焚香用？非也。它是昔年的牙化類衛生用品，也叫「香水片」，就是將香料香水以特殊工藝浸潤到印刷精美的紙片上，香氣芬芳，濃郁持久，隨身攜帶，堪稱時髦女子常用的妙品。

這組香片一套十張，是中華旅遊紀念品聯合開發總公司大致於改革開放初期推行上市的。香片如火柴盒大小，名為《西湖十景》。蘇堤春曉、柳浪聞鶯、三潭印月、曲院風荷、平湖秋月、雷峰夕照、花港觀魚、斷橋殘雪、南屏晚鐘、雙峰插雲，素為天下大美，引歷代文人騷客吟詠，博無數丹青筆墨描繪，自不待言。香片正面所

畫雖僅於方寸之間，然自有特色。說畫工，見游魚、柳絲、荷瓣、亭台的線條纖細如發，絲絲入扣，猶如工筆劃。說色彩，畫片採用當時流行的專色印刷，成本節省，我數了數，只用了朱紅、湖綠、天藍、牙黃、淡赭、黑色區區六色，與紙本身的白，便將西湖十景表現得淋漓盡致。想來，那時無論繪畫，還是製版，是何等靜心與精心啊。

香片背面文圖是手工寫畫的廣告，這是我最看重的，若無，也不會收存。「旅遊，為您開闊眼界，使您增長知識，促進身心健康。」在商言商，中華旅遊紀念品聯合開發總公司在隆重推介杭州的旅遊文化，「上有天堂，下有蘇杭」，簡要介紹過杭州，旅遊公司接著給出了《杭州市導遊圖》《西湖導遊圖》《中山公園導遊圖》，遊客一目了然。當然，遊西湖是重頭戲，香片廣告單獨開出一面專門介紹西湖，不僅提及西湖十景，還談到靈隱寺、六和塔、嶽飛墓等名勝。最後，旅遊公司特用大字寫到：「祝您旅途愉快，一路平安。歡迎您再次光臨杭州。」如今，我們無法推測當時旅遊公司與香片製造廠是怎樣的合作約定，反正香片廠不失時機地按下一面「自留地」，來推介自家所產香片，廣告稱：「廣蘭牌香水片系精選天然香料調配製成，為旅遊之佳品。」

曾數度遊覽西湖，仍意猶未盡，這套老廣告片恰可撫慰我心。香片完好保存在塑膠袋中，暗香殘留，徐徐飄來，湖光山色的婉約，江南女子的嬌柔，如夢……唯美的故紙與眼前粗粗拉拉的瀋陽老哥貌似格格不入。我倆愉快談妥價錢，我追問此香片的來路，在瀋陽收的？還是家藏？他說自己下崗多年了，後來轉行倒騰些舊書刊老票證啥的，走南闖北各地跑，一路買來一路賣，掙點辛苦錢。至於這套香片是他十幾年前在南方收的，「當年老便宜了，早知多整幾套就好了。」「有些二十年前的藏品存到今天也該翻著筋斗漲大價了吧，好賽這幾天的樓市。」我笑著說。

親是親，財是財

在舊書市上，我與黑胖子算得上是老交情了，都是直性子爽快人，所以每次見面說說笑笑挺融洽的。他很少賣故紙類藏品，無論前些年開店，還是如今退租擺地攤，無非是「循規蹈矩」地微利主營舊書。由於少了些許特色，幾年來我在他那花錢並不多，但這不妨礙我們做好哥們兒。

二零一五年大暑前後的一個週末，我倆又見面了，我低頭發現他攤子上擺著一張二十世紀二三十年代的舟山牌商標畫，多少有點出乎意料。「咦，這老畫片哪來的？平常沒看你有這類寶貝呀？」我問胖子。「嘿嘿，老存貨，只是最近收拾雜書時才找到的。」大凡古董舊物都講究傳流有序，之於故紙也是一樣，我

素來看重它們遺存至今的過程，更深知類似查證往往不易搞清楚，但始終認為哪怕是蛛絲馬跡也值得關注。

此《舟山圖》是老上海義生協記棉布號推行的布匹品牌商標，畫面遠景是舟山群島與悠悠前行的帆船，前景有條鄉間小路，周邊草木繁茂，一派生機盎然的景象。浙江舟山古稱定海，由一千三百多個島嶼組成，主要有舟山島、岱山島、衢山島、泗礁島、六橫島、金塘島、洋山島、秀山島、朱家尖島、普陀山島等。舟山物產豐富，如舟山漁場為世界重要的近海漁場之一，其中的沈家門漁港是世界三大漁港之一。舟山又有「海中洲」之譽，它集海島風光、海洋文化、佛教文化于一，藍天、碧海、綠島、金沙、白浪，無不讓人流連忘返。

畫面雖美，但小有遺憾，因為這故紙曾被撕裂，又經完美對接復原的。胖子向我介紹說，這張畫是他多年前在城東某廢品站裡與一批二十世紀四十年代的信劄一起收進的，從書信往還內容來看，大致出自一位知名教授家中。大部分信劄皆被攔腰撕扯過幾下，但整理後並不妨礙閱讀。胖子說，那些信劄曾讓他賺到錢了，至今還有「沒事偷著樂」的感覺。至於《舟山圖》，他當時覺得與信劄不是一類東西，因此被甩到一旁。時隔多年，《舟山圖》落在我手，心中不免慶倖呢，邊欣賞邊想到一句話：是你的就是你的，棒打不散。

「咱哥倆這麼多年關係不錯，這畫片送給我得了？要不然我用其他故紙和你交換？」我實則半開玩笑地探問了一下胖子，沒想到他有點變臉了。「嘛？不可能！我也是花錢買來的。哪天你把它研究明白了，肯定能換稿費。」胖子堅持要錢，我喜歡故紙，彼此談錢不傷感情。想來，胖子心裡揣著明鏡，價錢一點沒含糊、沒商量。也好，交銀子，得故紙，清清楚楚。

舊年有句俗話叫：親是親，財是財。這也讓我想起某文友所雲家事。文友的岳父退休後也操持起舊書小買賣，常會收來不少文史書籍，有些稀缺書確實能值幾個錢。文友搞研究，當然需要資料，他心想這豈不是近水樓臺先得月麼？最初，他從老丈人家白拿幾本書讀，並沒見老爺子說什麼，可一來二去架不住時間長、索書多，他逐漸察覺岳父總愛跟他嘮叨某書是花了多少錢收來的；拿到舊書市上能賣多少錢，等等，一邊說還一邊對他拿走過的一些書戀戀不捨。文友也是知趣的人，自此再拿書索性直接讓岳父說價錢，一分不少給。逢年過節買酒買煙買點心該孝敬照常孝敬，唯涉及書，親是親，財是財——兩清，彼此和樂，相安無事。

開明書店忙推銷

我藏有一張二十世紀二三十年代開明書店《半月新書》廣告，是多年前網購舊書裡夾帶的，如今品讀，感覺其價值遠遠超出了那書錢。

一九二六年，開明書店始設於上海，創辦人章錫琛。開明網羅夏丏尊、葉聖陶、豐子愷、王伯祥、徐調孚、宋雲彬等一批知名學者、作家擔任編輯，殫精竭力嚴肅認真出好書。出版物注重品質，內容、編校、紙張、裝幀、印刷等各層面都十分講究，深得讀書界讚譽，乃至成為二十世紀上半葉著名的出版機構。

開明書店始終重視廣告宣傳。所藏廣告頁四折八面，實為開明一九三五年中期開始推出的《半月新書》，每月一日、十六日出版。廣告中，開明突出「切實、迅速、周到」六字方針。首先，堅持實事求是，不同其他書店，不用「取巧」言辭自我標榜，切實為讀者提供便利且節省格外開支。其二，對於讀者的購書款「隨到隨配，並不延擱。」其三，讀者對某書內容、價格若不明，可寫信給開明，書店負責代查並及時回覆。

努力讀書或從
事著作用腦過
度易致昏暈疲
倦等患
虎標萬金油
確有醒腦提
神之功

為方便國內更多讀者閱讀，開明著力開展函購業務，並推出一系列舉措。廣告右上角可見一個大大的「免」字，黑底反白，煞是醒目——開明積極與銀行合作，

曉知讀者，若購書可以直接到當地中國銀行、交通銀行匯款，「江浙兩省每次在百元（大洋）以內，其他各地每次在十元以內，均無需繳付匯費。」假如當地無合適銀行呢？那麼可以給開明寄去通用郵票來沖抵購書款，「本店十足收受，不折不扣。」開明是免收郵寄費的，但千里迢迢，恐有萬一，開明就此提示：「為郵遞穩妥計，一律掛號寄發，每包只取掛號費八分。」

《半月新書》上的書籍，半月內特價七折（上海以外的函購優惠期為一個月），以吸引讀者。圖書館大宗購買可享受六折價格。第二期《半月新書》上特惠書有陳之佛編《藝用人體解剖學》、黃石著《星座佳話》、趙宰懷著《秋之星》、譚湘鳳編《英語圖解法》等。第三期所列打折書有張長弓著《中國文學史新編》、張石樵編《開明實用文講義》、任一碧譯《化學的故事》等。這一期上還宣傳了開明新近出版的金步瀛編《增訂叢書子目索引》、葉紹鈞編《十三經索引》、朱起鳳纂《辭通》等。

故紙上，開明特拿出兩頁隆重推薦金兆豐所著的《清史大綱》一書。浙江金華人金兆豐（一八七零——一九三四）鼎鼎大名，他自幼秉承家學，清光緒二十九年（一九零三）殿試二甲第五名，賜進士，成為翰林院庶起士，幾年後被派赴日本留學，光緒三十四年（一九零八）回國，任翰林院編修。金兆豐歷任京師大學堂提調、京師督學局視學、國子監師範學堂監督、國史館編修、武英殿校對等，學識淵博。一九三五年八月開明出版的《清史大綱》為湖色布面、深藍書脊、燙金字書名、帶護套的精裝一厚冊，內頁用「古色道林紙印」，計五百三十頁，整體感非常雅致。開明廣告稱：金兆豐「平生所見實錄秘檔及四方計書既富，晚歲乃有《清史大綱》之纂集……故珍文絡繹，紀事獨詳。去歲遽歸道山，本店得其遺稿，即付植印。」開明特意原貌刊出一頁樣張，讓讀者心明眼亮，且告知：「得此，當有大快朵頤之感也。」《清史大綱》定價兩元八角，廣告顯示，若於一九三五年十月底前購買，特價只要一元八角。

從老香煙牌說起

查了一下自己的購藏記錄，大致是在一九九九年夏天的一個集日，我在瀋陽道舊貨攤淘到幾張香煙牌，記得當時還很掃興，因為覺得起個大早並無太大收穫。

這幾張香煙牌是清末民初駐華英美煙公司生產的雙刀牌香煙的香煙牌。第一，雖說是小小香煙牌，但它的尺寸比一般品種大出一倍，長八釐米，寬六點五釐米。其二，畫面中皆以「母子樂」為內容，讓人喜聞樂見。第三，畫工精緻，眉眼、衣紋纖毫畢現；印刷精良，特別在一些部分做印金處理，至今熠

熠有光。其四，香煙牌的廣告設計構思非常巧妙，這也是我看中它的關鍵因素。比如，中國雜技中有頂碗頂缸之類的表演，如此也被廠商、畫家借鑒。見畫中一童子正趴在窄窄的條凳上，下半身懸空，頭上頂著一個大大的雙刀牌香煙盒，貌似上演著雜技。一旁的媽媽和小弟在驚奇地看著，連連叫好。中國百姓過大年有點燈掛畫的習俗，此情也畫進了另一張香煙牌中。畫中的小弟搬來了椅子，小哥已站到方桌上，正在向牆上釘釘子，欲掛上一幅「圖畫」。這幅畫恰是雙刀牌香煙盒，真是意趣盎然。

我更喜歡第二張「掛畫」香煙牌，欣賞著它，似乎乍現了靈感，想到一句話——許多東西只要泛黃了也就溫暖了，就像廣告作品一樣，風景看到最後，常常被人們用鏡框裝裱起來。

不知怎的，順勢想到了自己的過往歲月，想到了自己的收藏與文事生活。喜歡藝術史和民俗文化的我，二十多年前大概是因為一次創作，心儀起清代老仿單的古樸和二十世紀初月份牌畫上東方淑女的端莊來，實在癡迷得不得了。或許緣於這份激情吧，我一頭紮進了故紙堆中，中國傳統廣告的魅力讓我難以自拔，一邊讀著歷史的、民俗的、文化的、工商的各種文獻資料，一邊悄悄地尋覓、淘寶、研究。

商業廣告長期以來被視為亞文化，但它是一門大學問，特別是晚清以來的廣告作品更是絢麗多姿，它從多側面、多角度折射出當時的文脈與經濟習俗。研究時代潮流的當代廣告固然重要，但我個人認為廣泛研究和搜集老廣告，追尋民族文化之根，對於推進現代廣告事業的發展也是不可缺少的、獨特的手段。

我需要第一手的「鮮活」。最初，收藏市場上「老廣告」的概念很淡，很冷，難得一見，偶爾淘得的也是好心人為我定向留下的。我不死心，於是托親戚朋友代為留意，並在收藏雜誌和民間藏刊上向全國發廣告徵求。我也沒少逛舊物市場，本人收藏的第一件老廣告就是舊衣櫃上破碎的穿衣鏡背面的襯紙，這張故紙讓我激動得多半宿沒睡著。

收藏有時需要靈感和緣分。在一處工地的廢土堆上，一個敞著蓋的舊皮箱不經意間讓我眼前一亮，箱蓋內粘貼的一張老字型大小的廣告依舊是那麼豔麗，我特別拍攝下了現場的情景後，為保持廣告的完整，索性拖著破皮箱回家了。有一次，我獲知了老廣告的線索，像個「蟲子」似的當晚就跑到郊區去求購，雖然是贗品，但我還是和人家交上了朋友。再比如有一幅清代道光年間的廣告就是我花了近兩個月的心思和一位四川朋友磨來的。

生活中，有些自己格外喜歡的老廣告、老商標畫也會被我裝在鏡框裡掛在房間，慢慢欣賞，慢慢品味其中的溫暖。對我來說，傳統廣告文化被一顆年輕的心牽掛著，使我思考，給我充實，讓我快樂。

讀者送我《老萊子》

家慈仙逝後，我陸續寫了點緬懷文字，二零一一年《當母愛化作追憶》印行，僅贈友人內部交流。不知我的「粉絲」趙女士從何處讀到了這本小冊子，她輾轉聯繫到我，表示讀罷很感動，誇我是孝子。此話讓我頗覺汗顏，實在愧不敢當。這位讀者瞭解我的喜好，特別帶來一張家存的老商標畫送給我，並稱有現實意義。

商標故紙上畫著《老萊子》的故事，是二十世紀二三十年代長盛裕顏料莊出品的民用染料（色）商標，品牌就是老萊子牌。

老萊子，春秋時代楚國隱士。老萊子七十多歲了仍稱自己不老，依舊十分孝敬父母，對雙親體貼入微，總要千方百計博二老高興。傳說，老萊子特別養了幾隻漂亮愛叫的小鳥來供父母玩，他一得閒也常引逗鳥兒，讓鳥發出動聽的聲音，父母聞見心生歡喜。一次，父母望著老萊子的花白頭髮邊歎氣邊說：連我兒都這麼大年紀了，我倆老朽的日子也不會太久了。老萊子聽罷很傷感，希望爹媽能快活起來，他即刻專門置辦了一身五彩衣裳，像小孩子一樣拿著玩具跑來跑去，父母看到他又露出了往日的笑容。那天，老萊子為雙親擔水，進屋時不小心跌了一跤，他生怕老人

老萊子牌
永不退色
頂高顏料

擔心，索性順勢假裝躺在地上學起兒童哭鬧，父母不明就裡開懷大笑……完好遺存至今的《老萊子》商標上就描繪著這一情景。有道是：「戲舞學嬌癡，春風動彩衣。雙親開口笑，喜色滿庭鬧。」

上述故事亦稱《戲彩娛親》，乃傳統《二十四孝》中的一則。我們再來看看武梁祠畫像石上是如何表現《戲彩娛親》的。武梁祠在山東濟寧嘉祥縣，是東漢末年遺存的著名家祠，內有大量畫像石。關於這個故事，畫面表現有四人：老萊子的父母坐在床榻上，一婦女手持託盤正在侍候二老進食，一旁的老萊子跌倒在地高舉手臂。在另一石室中也有類似的畫面，與前圖不同的是，那婦女不見了，可地上還留有盤子。老萊子跪在父母面前，手裡還拿著鳩杖（拐杖，頂端雕刻斑鳩鳥），表明了老萊子的年齡。

言及《二十四孝》圖，我還收藏有一張早期的紡織品商標，其上畫著郭巨《埋兒奉母》的故事。郭巨，晉代人，原本家境富裕，其父去世後，郭巨將家產分給弟弟一部分，而母親則由他一人贍養，孝順至極。後來郭巨家道沒落，此時郭巨夫人生下一男孩。奶奶疼愛孫子，甚至自己不吃飯也要留給小孩。郭巨為此深感不安，擔心一味這樣或許會影響母親生活，他和夫人商議，計畫埋掉兒子，以節省口糧供養老人。郭巨覺得兒子可再有，然母死不能復生。當郭巨夫婦挖坑欲埋小兒時，驚見坑內露出一罈黃金，罈上書有「天賜郭巨，官不得取，民不得奪」等字樣，堪稱奇事。郭家再度過上好日子，郭巨更加孝親，孩子也得健康成長。當然，在今天看來像郭巨埋兒之例，我們可視為故事傳說罷了。

在後世流傳中，《二十四孝》各版本的細節小有變化，或被重新整合，但萬變不離其宗，總體是積極向善的——百善孝為先，中華傳統美德也。

有一份珍藏是感念

孝，乃中華傳統美德。我個人始終堅持一個觀點：不孝之人是不宜深交的。我從小就喜歡《二十四孝》文圖，據說其故事大都取材于西漢經學家劉向編輯的《孝子傳》，也有一些源于《藝文類聚》《太平御覽》等典籍中。後來，《二十四孝》印本大都配上了圖畫，成為中國古代宣傳儒家思想及孝道的優秀通俗讀物。

記得多年前到上海出差，順便逛了逛城隍廟舊書市場，收集到二十世紀二三十年代的賢孝子牌紡織品商標畫。畫面精美生動，描繪的是「王祥臥鯉」的故事，乃《二十四孝》的精彩之一。

王祥（一八四—二六八），字休征，晉朝琅琊（今山東臨沂）人。王祥早年喪母，繼母朱氏並不喜歡他，還常在其父面前撥弄是非，王祥也因此失去了父親的疼愛，經常被命去打掃牛棚等。一年冬天，朱氏生病想吃鯉魚，但因河水冰凍無法捕捉，王祥便赤身臥於冰上，慢慢化開冰面，從冰縫中捉到活魚孝順繼母。朱氏有所感動，從此善待王祥。不久，他又去捕了幾隻黃雀侍奉繼母，其病得以康復。王祥盡孝的故事隨後在十裡八鄉傳為佳話，他也被加官晉爵。順便一說，故事發生的小河位於臨沂白沙埠，稱孝河（孝感河）。

欣賞老商標畫，重讀《二十四孝》，情不自禁地思念起家慈。母親自一九八四年身患重病以來飽受病魔折磨，但她那麼堅強，始終沒有放下家務，其目的更多是不讓我分心，能更好地研究、寫作。

二零零四年九月，我撰文的《津沽舊市相》一書由天津古籍出版社出版，我在該書後記中向讀者傾訴著情懷：年輕人懷舊，我自知是沒有「資本」的，但我總記得母親以勤為本的告誡，總巴望著在自己的筆下，能給長久以來不為人所重的「下里巴人」一個「名分」，哪怕是幾行再現的文字也好，其實他們才真正是生活中最原生態的、最鮮活的影像與元素……說實話，田恒玉先生惟妙惟肖、情節生動的配圖漫畫為文字增色不少……因田先生年逾花甲，報社通過一批文稿後，我都要親自前往先生家送稿、談稿，幾日後再去取文、圖送至編輯手中。幾年來如此往返多少來回已記不清了，但二零零一年十二月一九日那一天讓我終生難忘。母親因病于前一日進行了大手術，一九日晨天降大雪，一直守侯在病床前的我下意識想起原定今天應去田老師家取圖並送報社的。我禁不住和剛剛蘇醒的母親說了此事，母親執意讓我走……

二零零六年十二月，專著《與古人一起讀廣告》由新星出版社出版，後記片段照錄如下：「多年來，在老廣告收藏與研究過程中遇到過多少困難連我自己也記不得了。更重要的是，為了醫治母親的病痛，為了一個生命的存在，多年來我從未停歇過奔忙的腳步，日常的一些構思甚至是在她老人家的病床前完成的。希望這本書能讓老人家欣慰。」

二零零九年二月，媽媽安然仙逝。二零一零年一月，天津人民出版社出版了我的專著《老天津的風俗》，我在後記中這樣寫到：對於我來說，民俗文化的探究是一種誘惑，一種挑戰。我沉迷在故紙堆與老資料中，摸索、整理、記錄，開夜車、爬格子，其中的滋味一言難盡。同時重要的是，我還要照顧好久病的媽媽。雖然是多年的苦心竭力，但我依然沒能挽住媽媽的手，讓老人家看看兒子的這本新作。我想，愛母親，愛家鄉，就要學會付出，就要學會感恩。

後記

大凡文化名流、閒雅書人往往有書賬在案，若干年後自顯其史料價值。在下凡夫俗子，從小買書淘書憑感覺零打碎敲無主線，更無書賬可言。豈料想近三十年前鬼使神差般地喜歡上了故紙——那些塵封的卻又五彩斑斕的老廣告、老商標。覺得，所謂「搜羅」不過是個虛詞，淘換要靠真金白銀投入。日子久了，對某一張、某一批故紙在當年是花了多少錢買的，真是忘得一塌糊塗。俗話說，好記性不如爛筆頭，後來故紙到手索性將費銀幾何記在破本子上或收藏冊襯紙一角。過過一分錢掰兩半的窮日子，以防日後老糊塗了虧本錢。細想，挺狹隘。

其實這倒是次要，關鍵在於淘書淘故紙整理收藏該是消閒生活的樂事雅好。生活需要觀察，串店逛攤也是如此，諸多市井風情、買賣對話、藏友交誼，常間或有趣聞軼事發生，且鮮亮亮、活生生。哦，還有「撿漏」的竊喜，「打眼」的沮喪，「瞎買」的茫然，「中病」的五味，以及差半步而失之交臂的遺憾等等，不一而足。難道不值得落在筆端麼?就這樣，樸素的日子緣此多了幾抹色彩。歸根結底是玩，別太累就好。至少我是這樣想的。

古董收藏歷來講究傳流有序，此乃鑒寶的重要因素之一。古畫名瓷善本書，它們在世間的故事為人津津樂道，破舊紙片片難與其相提並論。但是，藏市的賣家來自五行八作，他們永遠比買主早一手得到故紙，人家當然更曉得藏品的來路，有時會在閒聊中向我娓娓道來，哪怕是雲山霧罩侃八卦，然頗有情節，不乏意趣。更不消說某張故紙確來自某家祖傳，後輩一聊一鉤沉，儼然算得上口述史料了。天長日久，我尋思諸如此類的若干細節不能單存在腦子裡，因為一個人難有無限大的記憶體，所以決定隨手記下來，哪怕只是幾個關鍵字。

盛世收藏，時下愛舊物、懂生錢的人太多了，就連久不出屋目不識丁的老太太都知道家裡的罈罈罐罐別亂扔更不能便宜賣了，再看廢品站裡也擠滿了收舊書斂舊器的小販，大有人人爭做「保管員」的架勢。我絕不想當個單純的「保管員」，因為人生是減法，大到金山銀山，小到方寸紙片，不會永遠屬於某一個人。之於我喜歡的老廣告，有句話叫「百年無廢紙」，悉心審視、品讀，畫裡畫外的文化資訊、史料累積，乃至文獻價值，猶如富礦，足以讓人夜不能寐、眼界大開。好琢磨，好碼字，乾脆別停，挖掘考索梳理出來，落得個如釋重負的快感，倒也應了杜魚先生早些年亦調侃亦誇讚我的四個字——吃幹榨淨。在此也感謝杜魚先生不吝為本書作序美言。

關於緣起，上述拉拉雜雜說了許多。我喜歡「故紙溫暖」的感覺，筆名謂「溫暖」。總在思考，溫暖不該是一個人的手爐，與讀者分享才是最快樂的事，更是一種加法生活。如此，這些年來寫了一些雜糅著文史研究、藏市風景、買賣細節、情感心緒等多重元素的「玩主手記」，相繼見諸媒體，且形成專欄或叢話等，受到讀者歡迎。我力圖在輕鬆的筆調中融入「硬朗」的乾貨，小甜點、烹大蝦通吃，想走一條雅俗共賞的「收藏隨筆」路子，給讀者良好的悅讀感受。大致，我的期許達到了。

特別向這本書的出版人、編輯致意，拙著順利付梓讓諸君多有操勞。謝謝！

由國慶

丁酉年立秋日

國家圖書館出版品預行編目資料

逛逛舊書店治頭疼 / 由國慶
--初版-- 臺北市：博客思出版事業網：2018.08
ISBN：978-986-96385-8-6（平裝）

855　　　　107010679

懷舊故事 2

逛逛舊書店治頭疼

作　　者：由國慶
編　　輯：塗宇樵
美　　編：塗宇樵
封面設計：塗宇樵
出 版 者：博客思出版事業網
發　　行：博客思出版事業網
地　　址：台北市中正區重慶南路1段121號8樓之14
電　　話：（02）2331-1675 或（02）2311-1691
傳　　真：（02）2832-6225
E—MAIL：books5w@gmail.com或books5w@yahoo.com.tw
網路書店：http://bookstv.com.tw/
http://store.pchome.com.tw/yesbooks/
博客來網路書店、博客思網路書店、
三民書局、金石堂書店
總 經 銷：聯合發行股份有限公司
電　　話：（02）2917-8022　傳 真：（02）2915-7212
劃撥戶名：蘭臺出版社　帳號：18995335
香港代理：香港聯合零售有限公司
地　　址：香港新界大蒲汀麗路36號中華商務印刷大樓
C&C Building, 3 6,Ting, Lai, Road, Tai,Po, New,Territories
電　　話：（852）2150-2100　傳真：（852）2356-0735
經 銷 商：廈門外圖集團有限公司
地　　址：廈門市湖里區悅華路 8 號 4 樓
電　　話：86-592-2230177　傳 真：86-592-5365089
出版日期：2018年08月 初版
定　　價：新臺幣380元整（平裝）
I S B N ：978-986-96385-8-6